Ma.

JUDITH W. TASCHLER

Sommer wie Winter

GOLDMANN
Lesen erleben

Buch

Ein dramatischer Autounfall, bei dem die Geschwister Manu und Alexander schwer verletzt werden, zwingt sechs Familienmitglieder, sich mit ihrer Vergangenheit und den traumatisierenden Ereignissen der letzten Monate vor dem Unglück auseinanderzusetzen – und mit einem dunklen Geheimnis in ihrer gemeinsamen Vergangenheit, an dem die gesamte Familie zu zerbrechen droht.

Mit vier Geschwistern wächst Alexander Sommer als Pflegekind in einem Tiroler Fremdenverkehrsort auf. Der Tourismus boomt, viele Bauernfamilien stellen ihre Höfe auf die Gäste ein, bauen Zimmer aus, errichten Speisesäle. Alexanders Kindheit ist erlebnisreich, aber lieblos; das Leben der Töchter und Söhne ist geprägt von viel Arbeit auf dem Hof, der allgegenwärtigen Kirche, dem Gehorsam den strengen Eltern gegenüber, aber auch von den Gästen, die in der vermeintlichen Idylle nach Familienanschluss suchen. Lange glaubt Alexander, seine leibliche Mutter wäre bei einem Autounfall gestorben – bis er im Alter von fünfzehn Jahren auf Hinweise stößt, dass sie ausgewandert sein könnte und ihn zurückgelassen hat. Die Ungewissheit über ihr wahres Schicksal nagt an ihm, wird zur Besessenheit. Kaum ist er volljährig, macht er sich auf die Suche nach ihr – und entdeckt dabei Dinge, die für ihn und seine Pflegefamilie alles verändern … Das packende Drama eines jungen Mannes auf der Suche nach seiner Herkunft – spannend wie ein Krimi und erzählt vor der Kulisse einer wohlvertrauten und doch zweifelhaften Idylle.

Autorin

Judith W. Taschler, 1970 in Linz geboren, ist im Mühlviertel aufgewachsen. Nach einem Auslandsaufenthalt und verschiedenen Jobs folgte ein Studium der Germanistik und Geschichte. Sie lebt mit ihrer Familie in Innsbruck, wo sie einige Jahre als Lehrerin arbeitete. Mittlerweile ist sie freie Schriftstellerin.

Judith W. Taschler

Sommer wie Winter

Roman

GOLDMANN

Sollte diese Publikation Links auf Webseiten Dritter enthalten, so übernehmen wir für deren Inhalte keine Haftung, da wir uns diese nicht zu eigen machen, sondern lediglich auf deren Stand zum Zeitpunkt der Erstveröffentlichung verweisen.

MIX
Papier aus verantwortungsvollen Quellen
FSC® C014496
FSC www.fsc.org

Verlagsgruppe Random House FSC® N001967

6. Auflage
Taschenbuchausgabe Februar 2013
Wilhelm Goldmann Verlag, München,
in der Verlagsgruppe Random House GmbH,
Neumarkter Str. 28, 81673 München

Graphische Gestaltung: Dorothea Löcker, Wien
Umschlaggestaltung: UNO Werbeagentur, München
Umschlagmotiv: FinePic®, München; Getty Images / Tinyevilhog
Th · Herstellung: Str.
Druck und Bindung: GGP Media GmbH, Pößneck
Printed in Germany
ISBN 978-3-442-47833-0
www.goldmann-verlag.de

Therapiegespräch im Jänner 1990

Dr. Z. und Alexander Sommer (19 Jahre)

Ich bin gerade neunzehn geworden, am 24. Dezember. Ich habe so lange drauf gewartet, so lange!

Wenn sie mir auf die Nerven gegangen sind, meine Eltern, meine Geschwister – überhaupt ist mir mein ganzes Leben oft auf die Nerven gegangen! –, dann habe ich mir gesagt: Halte durch! Wenn du neunzehn bist, bist du frei! Frei! Dann kannst du machen, was du willst! Du kannst dein eigenes Leben führen!

Ich wollte im Frühling nach Innsbruck ziehen, dort eine Arbeit suchen und die Abendmatura machen. Ich habe schon angefangen ein Zimmer zu suchen. Natürlich habe ich selber gesucht!

Das Sprichwort »Jeder ist seines Glückes Schmied«, das kennen Sie doch, ich bin bis vor Kurzem der Meinung gewesen, dass es stimmt! Ich habe mir gedacht, wenn ich erst mal von Sölden wegkomme und auf meinen eigenen Füßen stehe, dass ich alles erreichen kann, was ich mir vornehme. Auf mein Leben habe ich mich so gefreut! Auf *mein* Leben – !

Aber jetzt bin ich mir nicht mehr sicher, ob das Sprichwort stimmt. Seit – seit dem Tag, ich meine, seitdem das alles passiert ist und ich die Wahrheit kenne, seither glaube ich nicht mehr dran. Ich kann nicht mehr essen und nicht mehr schlafen seither!

Ich habe Angst, dass das Sprichwort nicht stimmt! Jetzt auf einmal habe ich Angst, dass ich nicht alles erreichen kann, was ich mir vornehme! Dass ich bin wie – dass das Ganze wie ein Schatten über meinem Leben hängen wird! Dass es mich immer verfolgen wird.

Wahrscheinlich ist es wirklich so, dass manche Menschen einfach immer auf der Schattenseite stehen und davon nicht wegkommen, egal wie sehr sie sich abstrampeln.

Das hat jemand zu mir gesagt, vor ein paar Jahren, im Winter, so ein alter Mann ist das gewesen, den habe ich einmal aufs Zimmer bringen müssen, weil er betrunken war. Er hat gesagt: Es gibt Menschen, die bis zu ihrem Tod auf der Schattenseite des Lebens stehen und nie auf die Sonnenseite gelangen. Weil es ganz einfach Schicksal ist und der Wille alleine nichts zählt, hat er noch gesagt.

So ein Trottel, habe ich mir damals gedacht. Jetzt denke ich mir, dass er recht gehabt hat.

Therapiegespräch im Jänner 1990

Dr. B. und Manuela Winter (19 Jahre)

Ich scheiß auf die Mutter, ich scheiß auf sie! Sie hat mich angebrüllt im Krankenhaus, als wäre ich der Verbrecher und nicht – ! Sie kapiert nichts von dem, was eigentlich passiert ist!

So eine fette Krankenschwester hat sie dann aus dem Zimmer gebracht. Und jetzt redet sie nicht mehr mit mir. Sie gibt nur mir die Schuld, weil ich der Polizei alles erzählt habe. Der Alex hat ja nichts erzählen können. Der ist ja auf der Intensivstation gelegen. Hat sich am Anfang an gar nichts erinnert.

Ich habe es ja sagen müssen, oder nicht? Verdammte Scheiße, hätte ich vielleicht nichts sagen sollen? Ich habe es für den Alex getan!

Ich brauche keine Therapie. Hauen Sie ab. Ich habe genug reden müssen, die letzten Tage mit der Polizei.

Therapiegespräch im Jänner 1990

Dr. Z. und Alexander Sommer

Ich soll also ganz spontan ein Erlebnis aus meiner Kindheit erzählen, das mich beeindruckt hat und das mir lange in Erinnerung geblieben ist?

Die Sache mit dem Frosch hat mich so beeindruckt und auch lange nicht losgelassen. Ich habe ständig daran denken müssen, tagelang.

Acht oder neun bin ich gewesen, da habe ich angefangen, viel mit dem Georg rumzuhängen. Der Georg ist in die gleiche Klasse wie ich gegangen und hat mir imponiert, weil –, weil er einfach so – so lässig gewesen ist. Er hat sich nichts geschissen. Nicht einmal vor seinen Eltern hat der Angst gehabt, eher umgekehrt, und deshalb haben sie ihn auch in Ruhe gelassen. Ich wollte mir was abschauen von ihm.

An dem einen Nachmittag, es ist, glaube ich, im Juni oder Juli gewesen, auf alle Fälle ist es ziemlich warm gewesen, hat er einen Frosch gefangen und ihn auf ein Brett genagelt. – Sie haben schon richtig verstanden. Er hat ihn auf ein Brett genagelt, so wie Jesus, vier Nägel in die beiden Hände und Füße. Ich weiß nicht, ob man bei einem Frosch Hände und Füße sagt, Pfoten sind es ja auch keine, aber Sie wissen schon, was ich meine. Zwei Nägel oben, zwei Nägel unten. Er hat ihn gekreuzigt.

Genauer? Also, wir haben am Bach gespielt, ich weiß nicht mehr, was, wahrscheinlich Staudamm bauen oder so. Auf einmal hat der Georg den Frosch gesehen und ihn gefangen. Ganz schnell ist das gegangen, mir wäre er sicher ein paar Mal entwischt, vielleicht hätte ich ihn nicht mal fangen können, aber der Georg ist bei solchen Sachen immer so schnell gewesen. Mit dem Frosch in der Hand ist er dann zu sich nach Hause gelaufen, ich neben ihm her. Im Holzschuppen drinnen hat er mir den Frosch gegeben und hat gesagt: Lass ihn ja nicht entwischen!

Ich halte so den Frosch in meinen zwei Händen und überlege mir noch, ob ich ihn nicht einfach auslassen soll. Ich hätte ja sagen können, dass er mir weggeflutscht ist. Mir war nicht so wohl in meiner Haut, ich habe dem Georg zugeschaut, wie er ein Brett, einen Hammer und Nägel zusammengesucht hat. Aber ich habe brav den Frosch gehalten, was anderes hätte ich mich nicht getraut. Der Georg hat in der Schule schon oft jemanden mit seiner Faust traktiert, und viele haben sich vor ihm gefürchtet. Ja, stimmt, ich habe mich in dem Moment auch vor ihm gefürchtet.

Gleichzeitig bin ich total neugierig gewesen auf das, was jetzt kommen wird. Was hat er vor mit dem Frosch, habe ich mir gedacht. So eine aufgeregte Spannung habe ich gespürt. Auch bewundert habe ich den Georg, weil er sich so etwas traut und immer solche Einfälle hat. Mir wäre so was nie eingefallen.

Dann hat er sich vor mir aufgepflanzt und hat gesagt: Komm, lass ihn uns kreuzigen! Das ist jetzt der grüne Jesus, und er rettet die gesamte Froschwelt! Wie er das so gesagt hat, ist mir doch das Herz ein bisschen in die Hose gerutscht. Georg hat die tiefe Stimme unseres Pfarrers nachgemacht: Die Froschwelt ist durch und durch verdorben, sie braucht einen Erlöser!

Ich soll den Frosch auf das Brett drücken, hat er gesagt, und ich habe es gemacht. Und dann hat er einen Nagel nach dem anderen in die Haxen vom Frosch geschlagen, zack, zack, ohne einmal danebenzuhauen. Der Georg ist so geschickt. Er macht jetzt eine Lehre bei einem Tischler.

Geekelt hat's mich vor dem Brett mit dem Frosch drauf, mit den Nägeln darin. Seine Augen sind so hervorgequollen, und seine Blasen neben dem Maul haben sich immer leicht aufgeblasen und sind sofort wieder zusammengesackt. Es hat so schrecklich ausgeschaut.

Und geekelt hat's mich vor dem Georg, aber gleichzeitig hat mich sein Verhalten so – so fasziniert. Sein Gesichtsausdruck ist so komisch gewesen, ich konnte nicht wegschauen, ich habe die meiste Zeit ihn angestarrt, auch weil ich nicht auf den Frosch schauen wollte. Er hat wie hypnotisiert gewirkt, als wäre ein Leuchten in seinem Gesicht.

Nachher ist er einfach aus dem Schuppen gegangen

und hat das Brett mit dem Frosch drauf auf dem Boden liegen lassen. Ich habe in der Nacht gar nicht schlafen können, habe immer an den Frosch denken müssen und wie er dreingeschaut hat.

Später, ich glaube, es ist ein oder zwei Jahre später gewesen, wollte ich auch einmal so was machen. Aus lauter Wut auf den Vater und auf die Mutter, aus Protest sozusagen! Ich wollte einen gekreuzigten Frosch in ihr Bett legen, dass sie sich so richtig erschrecken. Das hätte mir gefallen, so sauer bin ich auf sie gewesen. Und was anderes ist mir einfach nicht eingefallen. Nur ein gekreuzigter Frosch, mehr nicht. Ich bin bei solchen Sachen immer schlecht gewesen.

Aber ich habe es nicht zusammengebracht. Ich habe einen Frosch gefangen, aber konnte dann keinen Nagel in ihn reinhauen, also habe ich ihn wieder freigelassen. Ich habe nur einen Regenwurm mit meinem Taschenmesser auseinandergeschnitten, ganz klein, und ihn der Mutter und dem Vater in die Gerstelsuppe getan. Eine Ewigkeit habe ich gebraucht, dass mir das eingefallen ist.

Aber geholfen hat mir das nicht. Mir ist schlecht geworden, wie ich ihnen beim Essen zugeschaut habe, und besser habe ich mich auch nicht gefühlt.

Therapiegespräch im Jänner 1990

Dr. R. und Monika Winter (55 Jahre)

Ich kann nicht mehr, ich kann wirklich nicht mehr!

Mir kommt vor, als hätte ich seitdem einen Albtraum, und ich muss jeden Moment wieder aufwachen. Aber ich wache nicht auf! Für mich ist das alles so schrecklich, das können Sie sich gar nicht vorstellen! Ich kann nicht verstehen, dass der Herrgott das für mich bereitgehalten hat!

Die ganzen Zeitungsfritzen ständig ums Haus herum! Und die Gendarmen, die alles auf den Kopf stellen! Aber sie werden nichts finden! Nichts! Wir sind alles rechtschaffene Leute!

Wissen Sie, was das in einem kleinen Dorf bedeutet? Wissen Sie, wie mich die Leute anstarren? Es ist – das Ende ist das, ja, das Ende! Für die Familie, für den Betrieb! Ich halte die Schande nicht aus!

In der Beziehung ist es uns seit Langem gut gegangen, meinem Mann und mir, er ist zwar nicht viel daheim gewesen, immer nur drüben im Hotel, aber wir haben uns gut vertragen. Wir haben ja am Anfang unserer Ehe viel gestritten. Immer haben wir nur gerackert, mein Mann und ich, gerackert und gerackert! Für die Gäste und für die Familie!

Warum haben sie das getan? Wem nützt die Wahrheit jetzt noch was? Es ist ja schon lang verjährt, wenn es überhaupt stimmt!

Ich verstehe das alles nicht! Ich kann nicht glauben, dass der Herrgott das für mich bereitgehalten hat!

THERAPIEGESPRÄCH IM JÄNNER 1990

Dr. B. und Anna Winter (24 Jahre)

Ja, ich heiße Anna. Ich bin vierundzwanzig Jahre alt und die älteste Schwester vom Alexander.

Was ich mache? Ich bin in unserem Hotel angestellt, an der Rezeption und auch im Büro. Manchmal springe ich auch beim Service ein, wenn Not am Mann ist, und manchmal helfe ich auch der Mutter in der Gästepension am Hof. Ja, ich mache die Arbeit sehr gern! Ja, es ist abwechslungsreich, und ich habe gern mit Leuten zu tun. Im Juni heirate ich, und danach bin ich bei meinem Mann im Hotel angestellt.

Für mich ist das alles unfassbar! Ich kann es immer noch nicht glauben, dass das unserer Familie passiert! Am Anfang habe ich es auch nicht geglaubt, ich habe es wirklich nicht geglaubt, wie die Mutter zu mir gekommen ist, sie ist kreidebleich im Gesicht gewesen, und gestammelt hat: Die Gendarmerie hat angerufen, die Manu und der Alexander liegen schwer verletzt in der Klinik, und der Vater ist –

Seitdem ist die Hölle los da!

Die ganze Zeit wuseln Gendarmen und Kripobeamte auf dem Hof herum und durchsuchen alles und stellen jedem einen Menge Fragen. Ja, und die Mutter hat das ganze Haus voller Gäste! Endlich fängt die Wintersaison einmal gut an, weil viel Schnee liegt, und wir sind ausgebucht. Ausgebucht! Dann passiert das! Viele sind schon abgefahren, vor allem die Älteren und auch die Stammgäste, weil sie ihre Ruhe haben wollen. Und die anderen sind so sensationsgeil, dass sie selber herumwuseln und den Reportern Interviews geben. Interviews über uns! Als ob die eine Ahnung hätten!

Mein Verlobter Matthias ist der Juniorchef vom Hotel Post und er – nein, er will die Verlobung nicht lösen, was denken Sie! Glauben Sie, im Dorf leben wir wie im Mittelalter? Der Matthias hält zu mir!

Der Matthias sieht das alles nicht so negativ. Er meint, das wird eine Bombensaison deswegen. Wegen uns! Weil die Leute das Dorf sehen wollen, werden sie kommen und bleiben und Ski fahren und essen und Geld ausgeben! Und im Frühling ist dann sowieso wieder Gras über die Sache gewachsen, sagt er. Ja, ich weiß, dass er mich nur beruhigen und trösten wollte, aber trotzdem!

Am meisten tut mir die Mutter leid. Das hat sie wirklich nicht verdient. Sie hat ihr ganzes Leben lang viel gearbeitet und es dem Vater und den Gästen in allem recht machen wollen.

Und ehrlich gesagt, ganz glauben kann ich es immer noch nicht, dass es die Wahrheit ist. Der Alexander hat einfach eine mordsmäßige Fantasie, schon als Kind ist das so gewesen, und die Manu hat immer zu ihm gehalten. Ich bin überzeugt, dass die Gendarmen nichts finden.

Therapiegespräch im Jänner 1990

Dr. Z. und Alexander Sommer

Wie ich ganz klein war, habe ich fast jede Nacht schlecht geträumt, so fünf oder sechs bin ich da gewesen. An die Träume denke ich jetzt noch manchmal. Ich bin dann ganz verschwitzt aufgewacht und habe geschrien. Sogar wie ich schon in der Hauptschule war, habe ich beim Einschlafen Angst gehabt, dass die Träume von der Hexe wiederkommen.

Es war eigentlich immer der gleiche Traum. Eine Hexe hat mich im Wald verfolgt und dann in eine kleine Hütte gesperrt. Sie hat grausig ausgeschaut. Ihr Gesicht ist grau und faltig gewesen, überall hat sie so – so rote Pusteln gehabt und auf der riesigen Hakennase eine große Warze. Die Zähne sind groß gewesen, so vorstehend, und total verfault, ihr Kopftuch war rot-schwarz gemustert, und ihr langer Mantel ist ganz schwarz gewesen. Die Augen haben rot geleuchtet.

Sie hat mir im Wald aufgelauert und ist mir dann nachgelaufen. Und das Schlimmste im Traum war, dass ich nicht habe laufen können! Ich bin nicht vom Fleck gekommen. Da hat man panische Angst und will nur weg und kommt nicht weg. Die Hexe ist jedes Mal schnell gewesen und hat mich von hinten im Nacken gepackt und dabei so furchtbar gelacht. In dem Moment, wo sie mich gepackt hat, bin ich vor Angst fast gestorben.

Sie hat mich in eine kleine Holzhütte gesperrt. In der ist es so dunkel gewesen, es hat kein Fenster gegeben. Da bin ich dann am Boden gehockt und habe nur gefroren, vor lauter Kälte habe ich gebibbert. Und der Hunger und der Durst sind dazugekommen. Aber am schlimmsten ist die Angst gewesen, dass die Hexe zurückkommt und mich auffrisst. Ich habe alles probiert, damit ich aus der Hütte komme, aber die Tür ist von außen fest verriegelt gewesen.

Ganz lang bin ich in der Hütte gesessen, und die Kälte und den Durst und vor allem die Angst habe ich fast nicht mehr ausgehalten. Und auf einmal ist meine richtige Mutter gekommen, ich habe sofort gewusst, dass es meine richtige Mutter ist, ich habe es einfach gespürt. Sie hat so schön ausgeschaut, und sie hat sich neben mich gesetzt und mich gestreichelt und zu mir gesagt: Mein kleiner Liebling. Ich habe gewusst, sie wird mich beschützen, wenn die Hexe noch mal kommt.

Und dann ist wirklich die Hexe noch einmal gekommen, und meine Mutter ist auf sie zugegangen, um sie wegzujagen. Ich bin in die hinterste Ecke von der Hütte gerutscht, bis ich hinten angestanden bin.

Die Hexe legt ihre grausigen Hände um den Hals

meiner Mutter und fängt an sie zu würgen, dabei lacht sie wieder laut und wild. In dem Moment bin ich jedes Mal aufgewacht und habe schwer Luft gekriegt, weil es in der Brust so eng gewesen ist.

Therapiegespräch im Jänner 1990

Dr. B. und Martina Winter (21 Jahre)

Ich heiße Martina und bin einundzwanzig Jahre alt. Ich lebe seit drei Jahren in Innsbruck und studiere dort. Was ich studiere? Psychologie und Pädagogik.

Nach dem Anruf der Gendarmerie bin ich sofort mit der Anna in die Klinik gefahren.

Mir tut am meisten der Alexander leid! Ich wollte ihn an mich drücken und mit ihm reden, aber er lässt uns nicht an sich heran. Keinen! Er muss jetzt aber viel reden! Er hat nie viel geredet, er ist immer still gewesen und – anders. Dem Vater war er in den letzten Jahren zu ruhig, er hat ihn deswegen oft provoziert.

Bei uns in der Familie ist nie über etwas geredet worden, alles hat man totgeschwiegen, und am wenigsten hat man über den Alexander gesprochen oder mit ihm. Dabei wäre das sehr notwendig gewesen, für alle! Allein schon die Namen! Er – Sommer, wir – Winter. Wie ein schlechter Witz. Das war schlimm für ihn in der Schule! Die vielen Fragen der Lehrer, die nicht aus dem Dorf gekommen sind, und überhaupt die Gäste, die sind auch immer darauf herumgeritten! Gehänselt haben ihn die Kinder viel, ihn und die Manu auch. Waren ja beide in einer Klasse.

Er muss sich jetzt alles von der Seele reden, das darf sich nicht aufstauen in ihm! Obwohl – angestaut hat sich da ja schon genug, wie wir jetzt erfahren haben.

Wir haben ja gar nichts davon gewusst, was er in seiner Freizeit gemacht hat und warum er manchmal weggefahren ist. Ja, wenn er in Innsbruck war, hat er manchmal bei mir übernachtet. Aber was er tagsüber in der Stadt gemacht hat, das hat er mir nie erzählt. Ich habe gedacht, er sucht Arbeit oder ein Zimmer. Er wollte ja unbedingt so schnell wie möglich von daheim weg! So wie ich. Ich habe es auch im Dorf nicht ausgehalten.

Das Ganze muss ja schrecklich für ihn sein. Er tut mir unendlich leid.

Therapiegespräch im Jänner 1990

Dr. Z. und Alexander Sommer

Ja, da ist was passiert, deshalb das mit dem Regenwurm. Da war ich fast elf.

Einem Gast ist Geld weggekommen, und meine Eltern haben sofort mich verdächtigt, dass ich es gestohlen hab. Aber ich bin's nicht gewesen, und sie haben mich mehr als eine Stunde wieder und wieder gefragt, ein regelrechtes Verhör ist das gewesen. Auch beschimpft haben sie mich und vor dem Gast so – so bloßgestellt. Doch, da habe ich sie schon ein bisschen gehasst in dem Moment.

Es ist eine Frau gewesen, der Gast, meine ich. Eine sehr dicke, ältere Frau, eine Deutsche, woher sie genau gekommen ist, weiß ich nicht mehr. »Fette Kuh«, haben wir sie insgeheim genannt, das weiß ich noch, sie hat das Essen so schnell runtergeschlungen, das ist unglaublich gewesen! Und immer hat sie drei oder vier Nachspeisen nach dem Abendessen bestellt und auch komplett aufgegessen.

Allein ist sie dagewesen. Sie hat ziemlich lang bei uns Urlaub gemacht, so drei oder vier Wochen lang. Nicht im Winter, sondern im Sommer. Sie ist jeden Vormittag ein bisschen wandern gegangen, wenn man das überhaupt wandern nennen kann, und am Nachmittag hat sie sich gesonnt, auf dem Balkon. Das war's, mehr nicht. Mir wäre so ein Urlaub zu fad.

Und einmal ist sie ganz aufgeregt zum Abendessen gekommen, sie hat die Mutter verlangt und furchtbar laut und so hektisch mit ihr geredet. Natürlich haben wir alles mitbekommen, wir haben ja immer helfen müssen, beim Frühstück und beim Abendessen, entweder in der Küche oder beim Getränkeherrichten oder beim Abservieren.

Ihre Geldtasche ist ausgeräumt worden, hat sie gesagt und mit den Händen herumgefuchtelt, es fehlen an die tausend Schilling, nur der Führerschein steckt noch drin. Die Geldtasche ist auf dem Tisch in ihrem Zimmer gelegen, und in der Früh ist das Geld noch da gewesen.

Der Mutter ist das Ganze so peinlich gewesen, sie wollte die Frau beruhigen und hat sie gefragt, ob sie sicher ist, dass so viel drin war, und ob sie vielleicht vergessen hat, dass sie am Vormittag was eingekauft hat. Da ist die Frau aber noch wilder geworden und hat noch mehr geschrien. Ob die Tiroler glauben, alle anderen auf der Welt sind blöd? Und ob die bauernschlauen Tiroler glauben, man kann alle anderen ausnehmen wie gestopfte Gänse? Denn die Preise da sind ohnehin eine Frechheit, und dann wird man auch noch bestohlen!, so hat sie geschrien. Zuerst haben wir, also ich, die Anna, die Martina und die Manu, noch gegrinst, weil die Frau so extrem rot im Gesicht gewesen ist. Mir ist aber dann das Grinsen schnell vergangen.

Die Mutter hat sie schließlich ein bisschen beruhigt und ihr gesagt, sie wird sich drum kümmern. Die Frau setzt sich an ihren Tisch und stopft wieder in sich rein, Suppe, Hauptspeise, Salat und vier Nachspeisen, nachher ist sie aus dem Speisesaal gerauscht, ohne zu grüßen.

Schon in der Küche, während dem Abwasch, hat die Mutter mich gefragt: Du warst doch heute Nachmittag im Zimmer 14 wegen der Handtücher? Ich habe genickt. Am Nachmittag habe ich nämlich frische Handtücher auf das Zimmer bringen müssen, weil am Vormittag die Anna das vergessen hat, beim Zimmerputzen. Und dann hat sie nicht mehr aufgehört. Ich weiß das alles noch ganz genau, so wie wenn's gestern gewesen wäre. Ich weiß nicht, wie ich das erklären soll, aber von dem Tag an hat sich was verändert in mir drinnen. Ich habe mich nicht mehr so verpflichtet gefühlt ihnen gegenüber – innerlich, mein ich.

Sie ist mit mir in die Waschküche gegangen und hat mir als Allererstes eine runtergehaut. Ich war so überrascht. Sie hat sich umgedreht zu mir und mir eine gewatscht. Dann hat sie lauthals zu schimpfen angefangen. Ich bin den ganzen Abend lang mit ihr in der Waschküche gesessen, und später ist auch der Vater dazugekommen. Die zwei haben tatsächlich geglaubt, ich habe das Geld genommen! Ich bin das aber wirklich nicht gewesen. Sie haben mich immer wieder gefragt, wieso ich das getan habe und wo das Geld ist. Dass nur ich in Frage komme und ich jetzt nicht auf stur schalten soll! Ich bin so todmüde gewesen, ich wollte einfach nur schlafen gehen, es ist ja schon spät in der Nacht gewesen. Aber sie haben gesagt, du bleibst jetzt so lang da sitzen, bis du die Wahrheit sagst. Auf mich runtergeschaut haben sie, mit verschränkten Armen, mit ihrem strengen Blick haben sie mich so – so fixiert, und sie haben mir einen Haufen Strafen angedroht.

Wenn das ein paar Jahre später gewesen wäre, hätte ich sicher zum Lachen angefangen und wäre einfach an ihnen vorbei aus der Waschküche marschiert. Aber damals habe ich mich das noch nicht getraut, ich habe so großen Respekt und auch Angst vor ihnen gehabt, wenn sie in Rage gewesen sind und mit mir geschimpft haben. Alle haben wir das gehabt, und erst so ungefähr mit fünfzehn, sechzehn haben wir uns langsam getraut, einmal nicht zu parieren.

Aber damals habe ich mich das eben noch nicht getraut. Ich habe schon gar nicht mehr gewusst, was ich machen soll! Nur ins Bett wollte ich. Ich habe mir schon gedacht, jetzt sage ich einfach, dass ich's gewesen bin, nur damit ich Ruhe habe. Nur damit das Ganze aufhört, damit sie aufhören so zu schreien. Einmal habe ich sogar gedacht, vielleicht bin ich's ja wirklich gewesen, ich muss es ja gewesen sein, wenn sie so fest davon überzeugt sind!

Die Mutter hat dann den Vater angeschaut, mit so

einem Blick, und leise gesagt: Ich weiß, dass er es gewesen ist, unsere Mädels machen so was nicht! Sie ist aus der Waschküche gegangen und hat auf mich zurückgeschaut, als wäre ich der letzte Dreck. Der Vater hat mich noch eine Weile beschimpft. Wenn er das gewusst hätte, dass ich mich zu einem Dieb entwickle, hätte er mich nie aufgenommen, hat er gesagt und andere Sachen auch.

Er hat mich in der Waschküche eingesperrt, zum Nachdenken. Und am nächsten Tag sollte ich mich bei der Frau entschuldigen, gleich beim Frühstück. Ich habe dann probiert, am Boden ein bisschen zu schlafen. So gehasst habe ich sie beide, stundenlang habe ich den Hass gespürt in mir und gewusst, ich kann gar nichts machen!

Am nächsten Tag haben sie mich nicht in die Schule gehen lassen, ich habe warten müssen, bis die Frau beim Frühstück sitzt. Der Vater hat mich am Ellbogen gepackt und zu ihrem Tisch hingezerrt. Dort habe ich herumgestottert, dass es mir leid tut, weil ich ihr Geld genommen habe. Mir ist nichts anderes übrig geblieben. Der Vater hat ihr tausend Schilling gegeben und sich auch noch ein paar Mal entschuldigt, wegen der Unannehmlichkeiten. Zu mir hat er nachher gesagt, dass ich das abarbeiten muss, außer ich gebe ihm das gestohlene Geld.

Nachher hat mich der Vater in die Schule gebracht und kurz mit dem Klassenvorstand geredet, warum ich zu spät bin. Ein paar Buben haben natürlich an der Tür gelauscht, und ich bin dann wochenlang der Dieb in der Schule gewesen.

Therapiegespräch im Jänner 1990

Dr. Z. und Alexander Sommer

Mit dem Georg bin ich ungefähr drei Jahre lang befreundet gewesen. Dass das so lang gehalten hat, ist hauptsächlich an dem Fernseher gelegen. Seine Familie hat als Erste im Dorf einen Fernseher bekommen, und da hat die Manu gesagt: Mit dem stellen wir uns gut.

Am Abend haben wir, die Martina, die Manu und ich, in den Stall gehen müssen, Heu holen, einstreuen, ausmisten, die Milchkammer putzen, den Stall kehren, die Schweine füttern und halt so Zeug. Eine Stunde später ist der Vater gekommen und hat gemolken, da habe dann nur noch ich helfen müssen.

Einmal in der Woche sind wir ziemlich früh in den Stall gegangen und haben uns von dort heimlich weggeschlichen und sind rübergelaufen zum Georg, noch vor dem Füttern. Da haben wir dann mit ihm und seiner Schwester, der Steffi, eine halbe Stunde lang ferngeschaut.

Wir haben uns die Serien Biene Maja, Wickie und die starken Männer, Pinocchio und Heidi angeschaut, jeden Dienstag ist das gewesen, wenn die eine Serie aus gewesen ist, hat die nächste angefangen.

Der Großvater vom Georg ist auch dabeigehockt

und hat uns mit seiner Pfeife vollgequalmt. Dem seine Füße waren so offen. Er ist auf dem kleinen Sofa gesessen und hat die Füße ausgestreckt, er hat nie Socken angehabt. Wir drei sind auf dem Boden gehockt, weil auf dem Sofa kein Platz mehr war, zwischen uns die grausigen, eitrigen Füße. Der Georg und seine Schwester sind auf Stühlen gesessen.

Der Wickie hat mir am besten gefallen, der ist so schlau gewesen und hat so gute Ideen gehabt. Die Biene Maja hat mir am Anfang auch nicht schlecht gefallen, aber mit der Zeit ist es fad geworden, und die Nörgelstimme vom Willi hat sich furchtbar angehört und die Supergescheitstimme von der Maus Alexander auch. Die Martina und die Manu haben am liebsten Heidi geschaut. Mir ist sie mit ihrem Geschrei auf die Nerven gegangen, wegen allem hat die herumgekreischt! Wie die Klara auf der Alm wieder gehen kann und den Herrn Sesemann und die Großmutter damit überrascht, haben die Martina, die Manu und die Steffi geplärrt! Der Georg und ich haben gegrinst, weil sie so geplärrt haben.

Am wenigsten habe ich den Pinocchio ausstehen können. Jede Woche ist er wieder auf den schlauen Fuchs und den räudigen Kater reingefallen, am liebsten wäre ich in den Fernseher reingesprungen und hätte alle drei vor lauter Wut erwürgt!

Später dann haben die Eltern doch einen Fernseher gekauft, wegen der Gäste, damit die halt schauen können, wann sie wollen. Der ist dann im Speisesaal gestanden. Für uns ist er verboten gewesen, aber wir haben uns manchmal heimlich reingeschlichen und uns Knight Rider und Raumschiff Enterprise angeschaut. Aber so oft hat das nicht funktioniert, und es hat immer einer bei der Tür Schmiere stehen müssen. Zu der Zeit hätten wir nämlich im Stall oder in der Küche helfen müssen, weil sich die Gäste da schon zum Essen gesetzt haben.

Einmal sind die Anna und die Martina stundenlang vor dem Fernseher gehockt. Da haben sie sich die Hochzeit vom Prinz Charles und der Lady Diana angeschaut, und wie die Mutter draufgekommen ist, hat sie sie weggejagt und gesagt: Auch wenns euch die Hochzeit von die zwei Lappen anschauts, werdets trotzdem keine Prinzessinnen, los, ihr helft mir jetzt in der Küche!

Therapiegespräch im Jänner 1990

Dr. B. und Andreas Winter (11 Jahre)

Ich will, dass alles wieder wird wie vorher!

Ich halte das nicht aus! In der Schule hat der Thommi zu mir gesagt: Wow, hast eine coole Familie, was da so alles passiert!

Aber ich finde es nicht cool und auch nicht super!

Ich will, dass alles wieder wird wie vorher! Nein, gehen Sie weg! Ich will, dass alles wieder wird wie vorher!

Therapiegespräch im Jänner 1990

Dr. B. und Anna Winter

Einmal ist jemand aus Innsbruck gekommen und hat nachgeschaut, wie es dem Alexander bei uns geht. Ja, da ist er nicht ganz ein Jahr bei uns gewesen. Die Eltern sind gar nicht daheim gewesen, die haben oben auf der Waldwiese das Heu eingebracht.

Die Martina und ich haben auf die zwei Kleinen aufpassen müssen. Wir sind vor dem Haus auf der Bank gesessen und haben gestrickt, ich habe gestrickt, die Martina hat gelesen, sie hat ja immer die Gescheite sein müssen. Die Manu und der Alex haben mit ihren Steckenpferden gespielt und sind vor uns herumgehüpft.

Ja, auf einmal kommt ein Auto daher und bleibt vor unserem Hof stehen, ein Mann steigt aus und kommt zu uns. Er hat uns gefragt, wie wir heißen, und ich habe ihm unsere Namen gesagt. Der Mann hat zu mir gesagt, dass er aus Innsbruck kommt und den Alexander besuchen will. Ja, ich habe sofort die Mutter holen wollen, aber der Mann hat mich zurückgehalten und gesagt, dass das nicht nötig ist, er will nur mit uns plaudern und uns beim Spielen zuschauen.

Ich habe zuerst ein bisschen Angst gehabt, weil uns

immer eingetrichtert worden ist, dass wir ja mit keinem Fremden reden sollen, außer es sind die Gäste natürlich, aber der Mann ist sehr nett gewesen, und ich habe gedacht, wenn er mir was tun will, müsste er ja uns allen was tun.

Eine Zeit lang habe ich dann gedacht, dass er vielleicht der richtige Vater vom Alexander ist, aber ich habe mich nicht getraut, ihn das zu fragen. Ich bin ja erst neun Jahre alt gewesen. Er hat auch seinen Namen gesagt, aber ich habe ihn gleich wieder vergessen, so aufgeregt bin ich gewesen.

Der Mann hat sich neben mich auf die Bank gehockt und hat mit mir geratscht. Ja, er hat mich gefragt, wie alt wir sind, in welche Klasse ich gehe, ob der Alexander schon in den Kindergarten geht und was wir immer spielen. Dabei hat er viel den Alexander beobachtet und gelacht. Der hat da ja echt süß ausgeschaut, er hat eine kurze Lederhose und ein kariertes Hemd angehabt, das weiß ich noch genau.

Dann ist er aufgestanden und hat mit ihm gespielt und geredet. Zuerst ist der Alexander ja schüchtern gewesen und hat nichts gesagt, aber nach einer Weile ist er aufgetaut und hat ihm sogar den Stall gezeigt und den Misthaufen. Der Mann hat sich dann von uns verabschiedet, er hat jedem die Hand gegeben, ist zum Auto gegangen und weggefahren.

Später hat die Mutter gemeint, das wird wer vom Jugendamt gewesen sein, der nachschauen wollte, wie es dem Alexander geht, und sie war böse auf mich, weil ich sie nicht geholt habe. Ich hoffe, ihr habts euch benommen, hat sie gesagt.

Therapiegespräch im Jänner 1990

Dr. Z. und Alexander Sommer

Das erste Mal habe ich ein Foto meiner richtigen Mutter gesehen, da bin ich so zehn gewesen. Aber wie ich das Foto gesehen habe, habe ich nicht gewusst, dass es meine Mutter ist. Erst später, ich glaube, so zwei oder drei Jahre später, hat man mir das gesagt und auch das Foto gegeben.

Wo das Foto gewesen ist? In einer Kommode im Schlafzimmer der Eltern. Ich habe es heimlich gefunden, weil ich in der Kommode nach den alten Tagebüchern gesucht habe.

Die Tagebücher waren keine richtigen Bücher, das waren so – so alte Hefte, und alle zwölf Hefte – vollgeschrieben mit Kurrentschrift. Die Vorfahren von der Mutter haben sie geschrieben, ihre Mutter, ihre Großmutter und ihre Urgroßmutter.

Sie sind ein Heiligtum in der Familie und in der Verwandtschaft gewesen, die Tagebücher! Wie so einen Schatz hat man sie behandelt. An jedem Feiertag, wenn die ganze Verwandtschaft beieinandergesessen ist, hat man über die Hefte geredet oder über die Geschichten, die dringestanden sind.

In der vierten Klasse Volksschule haben wir im

Deutschunterricht die Kurrentschrift durchgenommen, ja, genau, die alte Schrift. Wir haben Texte in der Handschrift und in der Druckschrift gelesen. Mir ist das leichtgefallen. Überhaupt habe ich gern gelesen. Viele Buben haben sich lustig über mich gemacht, weil mir das getaugt hat. Lesen ist uncool gewesen.

Beim Kurrentschriftlesen sind mir dann die alten Tagebücher eingefallen, und die wollte ich schon immer lesen. Im Schlafzimmer der Eltern steht eine große Kommode, und in der untersten Schublade hebt die Mutter wichtige Sachen auf, zum Beispiel die Hochzeitskerze, das Hochzeitsalbum, die Taufkerzen, alte Fotos von den Großeltern und so andere Sachen, auch die Tagebücher. Für uns Kinder ist das alles verboten gewesen, überhaupt haben wir nicht ins Schlafzimmer dürfen.

Aber keiner aus der Verwandtschaft hat sie gelesen gehabt! Die Mutter hat früher, wie sie noch jung gewesen ist, ein Heft einmal kurz überflogen, mehr nicht. Sie hat gesagt, sie weiß ja sowieso, was drinsteht, weil die Geschichten immer erzählt worden sind. Das hat auch gestimmt. Wir Kinder haben auch die Geschichten immer gehört, zuerst von der Oma und später von der Mutter selber oder von der Tante.

Ich bin ganz narrisch auf die Geschichten gewesen. Vor allem die vom Zingerle Josef hat mir gefallen, das ist der Urgroßvater von der Mutter gewesen. Von dem haben sie so viel erzählt, alle, er hat nämlich beim Andreas Hofer mitgekämpft und dabei viel erlebt. Er ist bei allen vier Bergiselschlachten dabei gewesen und hat elf Franzosen und Bayern erstochen mit seinem Bajonett und ist deswegen als Held gefeiert worden. Für mich ist er so ein Superheld gewesen, wie ich klein war.

Die Mutter und die Tante haben sich was eingebildet auf ihren Urgroßvater. Einmal ist die Mutter bei einer Silvesterfeier leicht angeduselt gewesen, sie hat zu viel Sekt getrunken gehabt. Da hat sie einem Gast von dem Zingerle Sepp, ihrem Urgroßvater, vorgeschwärmt. Sie hat auch gesagt, dass sie aus einer waschechten Tiroler Familie kommt, die seit Generationen in dem Tal ansässig ist, die immer die Traditionen gepflegt hat, und dass sie stolz drauf ist. Oder so ähnlich.

Ich wollte unbedingt alles über die Vorfahren lesen und wissen. Ich habe damals gedacht, wenn ich alles genau über die weiß, also mehr weiß als die anderen in der Familie, dann gehöre ich so richtig dazu! Das wollte ich früher unbedingt, ganz dazugehören! So fest habe ich mir das gewünscht.

Ich bin also in das Schlafzimmer geschlichen und habe vorsichtig die unterste Lade aufgemacht. Dann habe ich herumgekramt da drin, das hat mir Spaß gemacht! Ich habe die alten Hochzeitsfotos lustig gefunden, da schauen alle so ernst drein, als wär's ein Begräbnis.

Und dann habe ich auf einmal den Zeitungsartikel gefunden. Er ist ganz auf dem Boden der Schublade gelegen. Unter dem Artikel ist das Foto von einer jungen Frau gewesen. Jemand hat mit der Hand das Datum unten draufgeschrieben, es war irgendwann im Mai 73. Ich habe ihn gelesen, eine Frau ist einfach spurlos verschwunden, wahrscheinlich ist sie ausgewandert. Das Foto hat mir gefallen und überhaupt – ich weiß nicht, wie ich das sagen soll. Die Frau ist mir so bekannt vorgekommen, ich habe mich so komisch gefühlt beim Anschauen. Dann habe ich den Artikel wieder zurückgelegt und mir gesagt, es wird eine Freundin der Mutter gewesen sein.

Ich habe also die Hefte aus der Kommode genommen und sie unter meiner Matratze versteckt. Keiner hat das wissen dürfen. In der Nacht, wenn die Manu geschlafen hat, habe ich sie rausgeholt und mit der Taschenlampe gelesen. Zuerst habe ich eine Weile gebraucht, bis ich die Handschrift habe entziffern können, aber dann bin ich immer schneller geworden.

Ich habe mich jeden Tag drauf gefreut, dass ich in der Nacht lesen kann. Aber lange hat das nicht gedauert. Enttäuscht haben mich die Tagebücher! So enttäuscht.

Die Frauen haben da ihren Kram aufgeschrieben, ihren Alltag, meine ich. Ich bin ja erst zehn gewesen und wollte natürlich was anderes lesen als von kranken Kindern oder vom Krauteinstampfen oder wie lang und hart der Winter ist oder wer wieder im Wochenbett gestorben ist. Über ihre Männer haben sie so gejammert, und immer haben sie vom Herrgott geschrieben, dass er helfen soll, seitenlange Gebete sind das gewesen. Ich wollte von den Heldentaten lesen, wie das war, mit

Heugabel und Bajonett die Franzosen bekämpfen, und wie der Andreas Hofer gewesen ist.

Aber davon ist nichts dringestanden. Nur dass der Zingerle Sepp ein unguter Ehemann gewesen ist. Er hat so viel getrunken, ein richtiger Säufer war das, und er hat die Frau vergewaltigt und geschlagen, auch die Kinder. Seine Frau hat Marie geheißen, und sie hat dreizehn Kinder bekommen, aber nur sechs haben überlebt. Bei allen vier Bergiselschlachten ist er nicht dabei gewesen, sondern nur bei der ersten und bei der dritten. Bei der zweiten ist er so besoffen gewesen, dass er den Aufbruch verpasst hat, und bei der vierten ist er dann zu feig gewesen, da hat er den Kranken gespielt. Elf Franzosen und Bayern hat er auch nicht erstochen, die Frau hat von einem geschrieben. Daheim, auf dem Hof, ist er fast nie gewesen, sie hat die ganze Arbeit allein schaffen müssen.

Ich bin total enttäuscht gewesen, damals. Das ist also der Held gewesen, von dem ich jahrelang so viel geträumt hab. Ein paar Jahre später habe ich das Ganze nur noch lustig gefunden.

Wie dann der Geburtstag von der Tante Franziska gefeiert worden ist, haben wieder alle vom tapferen Sepp Zingerle geredet. Ich habe der Manu ins Ohr geflüstert, dass der lieber auf die Frau eingeschlagen hat als auf die Franzosen, und die Manu hat das laut gesagt. Die Mutter hat uns so – so entgeistert angeschaut und uns aufs Zimmer geschickt. Der Vater hat aber gegrinst, das weiß ich noch.

Therapiegespräch im Jänner 1990

Dr. B. und Manuela Winter

Besser. Es geht mir besser. Nein, ich bin vorgestern aus dem Krankenhaus rausgekommen. Mir ist ja nicht so viel passiert wie dem Alex. Nächste Woche muss ich wieder arbeiten.

Erzählen – von mir?

Jeder sagt Manu zu mir, schon immer eigentlich. Ich mache eine Mechanikerlehre. Habe bald die Gesellenprüfung, in zwei Monaten. In Tirol bin ich das einzige Mädchen, das eine Mechanikerlehre macht. Die Eltern sind total dagegen gewesen. Die Mutter ist sogar ausgeflippt. Sie wollte unbedingt, dass ich Köchin oder Kellnerin lerne. Das sind die Berufe der Zukunft bei uns im Dorf. Hat sie gesagt. Damit kann man als Frau gut verdienen. Selbständig kann ich mich machen später, mit einer eigenen Pension zum Beispiel. Ich will aber keine eigene Pension! Mir gehen die Gäste am Arsch vorbei. Die Mutter hat mir die Lehre verboten. Aber mir ist das wurscht gewesen. Habe die Unterschrift gefälscht und dort angefangen. Dann hat sie wochenlang nichts mit mir geredet. Ist mir auch wurscht gewesen.

Die Arbeit in der Werkstatt gefällt mir. Die Berufsschule nicht so. Der Deutschlehrer dort hat mich blamiert, wie ich das erste Mal vorgelesen hab! Vor allen. Er hat den Kopf geschüttelt und geschrien: Du bist ja eine halbe Analphabetin. Ist das ein Scheißtag gewesen! Die Englischlehrerin hat später zu mir gesagt, dass ich Legasthenie habe. Das hat früher in der Schule nie wer erkannt.

Vielleicht kann ich später meine eigene Werkstatt haben, in Sölden. Das würde mir echt gefallen. Für's Büro wollte ich immer den Alex anstellen. Das habe ich ihm einmal gesagt. Da hat er gelacht und gesagt, er bleibt sicher nicht im Dorf. Aber wir wären ein gutes Team. Das weiß ich.

Ja, ich vermisse meinen Vater. Obwohl sich eigentlich nicht viel geändert hat. Er ist immer wenig da gewesen. Aber ich habe mich nicht schlecht mit ihm verstanden. Auf alle Fälle besser als mit der Mutter! Sie geht mir auf die Nerven. Er hat mir mehr erlaubt als sie.

Mit dem Alex habe ich mich immer gut verstanden. Auch als Kind. Sind immer zusammengesteckt. In der Volksschule und in der Hauptschule sind wir in der gleichen Klasse gewesen. Er hat sich leichtgetan beim Lernen. Manchmal bin ich echt neidisch auf ihn gewesen. Aber er hat mir geholfen. Bei den Hausübungen und bei den Schularbeiten auch noch. Er hat mich abschreiben lassen. Hilfsbereit ist er.

Vor dem Vater hat er Angst gehabt. Das hat er mir mal erzählt. Aber der Vater hat ihn auch nie in Ruhe gelassen. Einmal hat er zum Alex gesagt, dass sich

Gäste über ihn beschwert haben. Weil er als Liftwart nur stocksteif dasteht. Keine Schmähs reißt. Er soll sich gefälligst mehr zusammenreißen. Nicht so fad sein, sondern ein spritziger Tausendsassa. Genau so hat er es gesagt: Einen spritzigen Tausendsassa brauche ich für die Gäste!

Bei solchen Sachen habe ich immer gedacht, ich muss dem Alex helfen. Weil er hat sich nie gewehrt.

Therapiegespräch im Jänner 1990

Dr. Z. und Alexander Sommer

Ja, wir haben viel arbeiten müssen, auch schon als kleine Kinder, aber das ist etwas ganz Normales für uns gewesen. Die meisten Kinder im Dorf haben viel arbeiten müssen. Es wäre uns komisch vorgekommen, nicht zu arbeiten. Gearbeitet hat man am wenigsten am Sonntag, aber auch da hat man in den Stall gehen müssen, und die Gäste haben auch ihr Frühstück und ihr Abendessen haben wollen.

Wir haben da und dort mithelfen müssen, was gerade angefallen ist, entweder im Stall, auf dem Feld, bei den Gästen oder im Sommer auf der Alm.

Die Gäste haben den Kontakt zu uns gesucht, jetzt ist das ja nicht mehr so, außer bei den Stammgästen. Die haben unsere Namen wissen wollen und so viel mit uns geredet. Früher hat's auch nur zwei Badezimmer und zwei Klosetts bei den Gästezimmern gegeben, die sind am Gang gewesen, eins im ersten Stock und eins im zweiten. Da ist es manchmal vorgekommen, dass am Abend ein paar Gäste hintereinander unser Bad benützt haben. Natürlich haben sie vorher die Mutter gefragt, ob das in Ordnung geht, und sie hat jedes Mal gesagt: Selbstverständlich, das ist überhaupt kein Problem, selbstverständlich, lieber Herr Gast, fühlen Sie sich wie zu Hause! Wenn wir dann noch schnell duschen oder baden haben wollen, ist nur das kalte Wasser übrig gewesen.

Am Abend sind sie mit uns allen in der Stube gesessen, und wir haben sie unterhalten müssen. Familienanschluss, so hat die Mutter das genannt. Wenn sie im nächsten Jahr wiedergekommen sind, dann wehe, man hat ihre Namen nicht mehr gewusst oder wie der Goldfisch daheim heißt, dann sind sie beleidigt gewesen. Sie sind mir so auf den Sack gegangen!

Immer hat es eine Fragerei gegeben, wegen meinem Nachnamen oder weil die Manu und ich gleich alt waren. Entweder haben sie meinen Nachnamen nicht gewusst, dann haben sie gefragt: Seid ihr Zwillinge? Oft haben wir dann einfach ja gesagt, weil es uns zu blöd gewesen ist, immer das Gleiche zu erzählen. Die Mutter hat das aber jedes Mal schnell aufgeklärt, und es hat ihr gefallen, wenn ein Gast gesagt hat: Ein Pflegekind haben Sie auch noch aufgenommen, Frau Winter, bei der vielen Arbeit, die Sie ja schon haben! Sie ist sich so christlich vorgekommen dann.

Die Gäste haben mich danach ausgefragt, ob ich ein Waisenkind bin und wieso meine leiblichen Eltern gestorben sind. Das habe ich aber nicht gewusst, das haben die Eltern mir nie erzählt. Darüber ist einfach nicht geredet worden. Die Gäste haben mich immer so interessiert und mitleidig angeschaut, oft hat mich eine Frau gestreichelt! Einmal habe ich gehört, wie der Vater zur Mutter den Witz gemacht hat: Allein für die Gäste hat sich der Alexander ausgezahlt, meinst nicht? Die Gäste können bei uns nicht nur ihr Geld, sondern auch ihr Mitleid loswerden!

Ich habe lieber mit dem Vieh gearbeitet und habe das auch gut können. Deswegen hat mich der Vater im Sommer auf die Alm geschickt, damit ich dem Kröll Matthias beim Vieh helfe. Der Matthias ist unser Senn gewesen und auch der vom Nachbarn. Mit sechs bin ich das erste Mal zu ihm rauf, fast den ganzen Sommer lang. Vorher hat die Anna immer raufmüssen, aber sie ist ungefähr so jeden zweiten Tag heimgekommen, weil sie's kaum ausgehalten hat. Ich bin nur einmal in der Woche heimgegangen, am Sonntag, das hat die Mutter angeschafft, wegen der Messe. Ich habe mich mit dem Matthias so gut verstanden, ich habe meine Arbeit gemacht, und er hat mich in Ruhe gelassen. Am Abend haben wir Karten gespielt, oder er hat mir das Schnitzen beigebracht. Er hat nicht viel geredet, und das ist mir nur recht gewesen. Er hat so gute Spiegeleier mit Speck gemacht.

Am letzten Ferientag bin ich so spät wie möglich runtermarschiert. Aber es hat mir nie was genützt! Ich habe baden gehen müssen und mich dann sofort zu den Gästen in die Stube setzen. Die haben Geschichten von der Alm hören wollen, wenn möglich lustige. Ich bin zuerst so dagesessen und habe nichts rausgebracht.

Zuerst den ganzen Sommer lang nur Kühe um dich herum und kaum was geredet, dass man sich selber wie eine Kuh vorkommt, und dann – dann soll man Leute unterhalten! Einmal habe ich nichts gesagt und ganz laut *Muuuh* gemacht, und alle haben gelacht.

Ich bin so gern auf der Alm gewesen. Wie ich zwölf gewesen bin, hat der Vater den Almbetrieb dann auf das Jungvieh reduziert, weil sich das nicht rentiert, hat er gesagt. Ein- oder zweimal in der Woche habe ich nachschauen müssen, sonst nichts, melken hat man nicht mehr müssen. Die Hütte ist jetzt ziemlich verfallen, ich bin aber trotzdem viel oben gewesen, wenn ich Zeit gehabt habe und wenn ich meine Ruhe haben wollte.

An einen Gast denke ich aber gern. Er ist jedes Jahr im Sommer und im Winter gekommen. Seit drei Jahren kommt er nicht mehr, ich weiß nicht wieso, vielleicht ist er gestorben. Er ist schon alt gewesen und – ja, irgendwie würde ich gern wissen, ob er noch lebt und wie's ihm geht.

Er hat Koschuth geheißen, Karl Koschuth, aus Berlin ist er gewesen. Solang ich mich erinnern kann, ist der gekommen, und immer allein. Im September ist er wandern gegangen und hat Pilze gesucht, und im Februar ist er Ski gefahren, aber nicht besonders gut. Mich hat er gern gehabt, von Anfang an, und er hat mir Geschenke mitgebracht, nur mir, meinen Geschwistern nicht. Im Winter hat er immer zu den Eltern gesagt, er braucht mich als Begleiter auf den Pisten. Ich habe wegen ihm das Skifahren gelernt, er hat's mir beigebracht. Er hat manchmal mit den Eltern über mich geredet. Einmal habe ich gehört, wie er zu ihnen gesagt hat, sie sollen mich endlich adoptieren, damit diese Namensgeschichte ein Ende hat. Er hat gesagt, diese leidige Namensgeschichte, das weiß ich noch. Eine Zeit lang ist »leidig« dann mein Lieblingswort gewesen.

Einmal hat er mir Fanfare mitgenommen. Kennen Sie die? Das sind so – so kurze, runde Waffelrollen, mit Nougatcreme gefüllt. Ich habe so was noch nie vorher gegessen gehabt. Ich bin also hinten im Heustadel gesessen, damit mich niemand findet und ich nicht teilen muss. Die sind so gut gewesen, ich habe gedacht, ich bin im Himmel! Ich habe jede ganz langsam gegessen.

Therapiegespräch im Jänner 1990

Dr. Z. und Alexander Sommer

Ja, die Mutter ist später einmal draufgekommen, wer das Geld gestohlen hat. Nein, sage ich nicht, es ist jetzt auch egal.

Sie hat sich bei mir nicht entschuldigt, das nicht, aber sie ist netter zu mir gewesen seitdem. Ich habe schon gemerkt, dass es ihr leidgetan hat und dass ihr das Ganze doch zu blöd war. Da bin ich so ungefähr dreizehn oder vierzehn gewesen.

Sie ist dann einmal am Abend zu mir ins Zimmer gekommen und hat sich an mein Bett gesetzt. Das hat sie sonst nie getan! Sie hat mich sogar gestreichelt, die Haare. Ich bin das gar nicht gewohnt gewesen, aber ich weiß noch, wie gut ich mich gefühlt habe. Sie hat gefragt, ob ich mir was Besonderes zum Geburtstag wünsche. Ich habe gewusst, die Gelegenheit kommt nie wieder, ich muss mich jetzt einfach trauen! Da habe ich sie nach meiner richtigen Mutter gefragt, wie sie ausgeschaut hat und woran sie gestorben ist.

Zuerst hat die Mutter lang nichts gesagt. Dann ist sie aufgestanden und aus dem Zimmer gegangen. Ich habe gedacht, dass sie auf mich wütend ist. Sie haben nie erlaubt, dass ich nach meiner Herkunft frage. Ich habe nur gewusst, dass sie mich als Pflegekind aufgenommen haben, wie ich fast drei gewesen bin, weil der Vater neben den drei Mädels einen Buben wollte. Der Andreas ist dann geboren worden, da bin ich acht gewesen. Von da an bin ich Luft für den Vater gewesen. Ich kann mich noch genau erinnern, wie die Mutter vom Krankenhaus heimgekommen ist. Der Vater hat das Baby ins Haus getragen und der Anna, der Martina und der Manu gezeigt. Ich habe mich unter dem Bett versteckt, weil ich gedacht habe, sie schicken mich weg. Jetzt ist ja der echte Sohn da gewesen.

Die Mutter ist aber wieder an mein Bett gekommen. Sie hat mir ein kleines Bild in die Hand gedrückt. Es ist so aus einer Zeitung ausgeschnitten gewesen, und das Gesicht von einer jungen Frau mit dunklen Haaren war drauf. Ich habe sofort gewusst, das Bild habe ich schon mal gesehen. Mir ist aber nicht eingefallen, wo. Das ist deine richtige Mutter, hat sie gesagt, ein anderes Bild haben wir nicht. Ich habe gefragt, wieso es aus der Zeitung ist, aber sie hat den Kopf geschüttelt und gesagt, dass sie es nicht weiß. Man hat es ihr am Jugendamt gegeben. Sie hat mir das Bild geschenkt.

In der Nacht bin ich aufgewacht, und mir ist blitzartig eingefallen, wo ich das Bild gesehen habe: in der Kommode im Schlafzimmer der Eltern, unter den alten Fotos und den Tagebüchern. Nur ist da das Foto zusammen mit einem Artikel gewesen. Ich habe sofort wissen wollen, ob ich recht hab. Mit meiner Taschenlampe bin ich ins Elternschlafzimmer geschlichen und habe so leise wie möglich die Schublade aufgemacht. Den Zeitungsartikel habe ich schnell gefunden, er ist ganz oben gelegen. Und es ist wirklich das Bild weggeschnitten gewesen.

Ich habe den Artikel mitgenommen in mein Zimmer und immer wieder gelesen. Ich habe jetzt gewusst, dass meine Mutter Paulina geheißen hat und dass sie einfach verschwunden ist. Dass sie wahrscheinlich ausgewandert ist und mich zurückgelassen hat.

Bis dahin habe ich geglaubt, sie ist gestorben, bei einem Autounfall. Ich habe sie mir immer tot in einem Sarg vorgestellt.

Tiroler Tageszeitung am 24. Mai 1973

Junge Frau spurlos verschwunden

Zweieinhalbjährigen Sohn alleine in der Wohnung zurückgelassen

Innsbruck. Seit der Nacht von Montag auf Dienstag fehlt von der zweiundzwanzigjährigen Paulina S. jede Spur. Ein Nachbar alarmierte die Polizei, nachdem er das Weinen des zweieinhalbjährigen Buben, der in der Wohnung eingeschlossen war, gehört hatte. Das Kind wurde vorläufig im Landeskinderheim Axams untergebracht.

Bekannte vermuten, dass die labile junge Frau ihren Traum von einer Auswanderung wahr gemacht hat. In der Wohnung wurde ein kurzer Abschiedsbrief gefunden, und es fehlen alle Dokumente sowie der Reisepass, ein Koffer, Kleidungsstücke und andere private Dinge. Dennoch bittet die Polizei um Hinweise aus der Bevölkerung. Paulina S. ist 1,70 groß, schlank, hat dunkle Haare und Augen.

Therapiegespräch im Jänner 1990

Dr. B. und Martina Winter

Ich fühlte mich eingeengt im Dorf. Ich möchte und könnte hier nicht leben. Die ganzen Zwänge! Wie soll ich das ausdrücken? Es gibt einfach so viele Regeln hier am Land, ja, ich nenne es Regeln. Ich habe einmal eine Seminararbeit darüber geschrieben, im zweiten Semester.

An erster Stelle kommt natürlich der Gehorsam gegenüber den Eltern. Dagegenreden gab es einfach nicht, das hätte man sich nie getraut! An zweiter Stelle kommt dann der Glaube an Gott und an die Kirche. Ständig mussten wir beten und in die Kirche laufen! Ich habe die Messe gehasst! So was von langweilig! Der Alexander ist immer so ruhig zwischen uns gesessen. Einmal habe ich ihn gefragt, da war er noch in der Volksschule, ob er es in der Kirche nicht langweilig findet. Er hat gesagt, nein, weil er dann Zeit hat zum Träumen. Ich habe ihn gefragt, was er denn so träumt in der Kirche, und er hat gesagt, er träumt, dass er fliegen kann. Er breitet seine Arme aus und fliegt im Kirchenschiff herum, und alle schauen zu ihm hoch und bewundern ihn, weil er der Einzige ist, der fliegen kann. Alle rufen sie Ah! und Oh! Da musste ich so lachen.

An dritter Stelle kommt die Arbeit, ich meine, das Arbeitenkönnen, das Fleißigsein. Faulheit ist das Schlimmste, nicht nur für Erwachsene! Wir mussten als Kinder viel mitarbeiten, im Stall, beim Heuen, bei der Erdäpfelernte und mit den Gästen sowieso. Bei der Heuarbeit waren wir immer sehr neidisch, wenn wir andere Kinder gesehen haben, die ins Freibad geradelt sind. Wenn wir dann ab und zu am Abend die Erlaubnis bekommen haben, auch noch schnell schwimmen gehen zu dürfen, dann habe ich vorher getrunken, was das Zeug gehalten hat, und dort habe ich so oft reingepinkelt, wie es nur ging! Auch der Alexander und die Manu haben das gemacht, die Anna natürlich nicht.

Ja, was für Regeln gibt es noch? Viele! In meiner Seminararbeit, da ging es um Herkunft, bin ich auf fast fünfzig gekommen. Alle werden mir jetzt nicht einfallen.

Man ist gepflegt, kommt sauber daher. Die Kleidung muss praktisch und angemessen sein. Aber eitel oder mit seinem Äußeren aufmüpfig darf man auch nicht sein, auf gar keinen Fall! Ich erinnere mich noch an einen Vorfall in der vierten Volksschulklasse, da ist einmal ein Mädchen mit blau gefärbten Strähnen dahergekommen. Das Mädchen war keine vom Dorf, sondern ist aus einer zugezogenen Familie gekommen. Das gab ein Getuschel ab! Ein paar Tage später haben ein paar Burschen sie in der großen Pause festgehalten, und die Mädchen haben ihr die Strähnen abgeschnitten. Nein, ich war nicht dabei, natürlich nicht! Ich habe sie getröstet.

Man bringt den Mitmenschen Respekt entgegen und ist höflich mit ihnen, besonders die Kinder mit den Erwachsenen und Alten. Umgekehrt ist das nicht so heikel. Mit Geld geht man sparsam um, man wirft es nicht aus dem Fenster. Außerdem verhält man sich fröhlich und freundlich, grantige Menschen haben ja was zu verbergen. Man trinkt nicht zu viel Alkohol, nur gelegentlich beim Frühschoppen nach der Messe. Wer trinkt, ist ein Säufer! Man äußert sich nicht abfällig über die Heimat, das tun nur Nestbeschmutzer. Man hat nicht zu viele Wünsche, denn das ist unbescheiden. Man züchtigt und beschimpft seine Kinder nicht in der Öffentlichkeit, das machen nur Proleten, man spricht nicht über Sexualität, läuft nicht halb nackt herum, das tun nur Huren. Genug?

Ja, die Liste ist endlos. Ich habe sie in meiner Arbeit als die erweiterten Zehn Gebote bezeichnet. Es sind einfach eine Menge Verhaltensregeln, über die eigentlich nie gesprochen wird. Aber trotzdem hat jedes kleine Kind sie schon verinnerlicht, bevor es in die Schule kommt! Man hat sich eben zu benehmen, in jeder Hinsicht. Ohne das Einhalten dieser ganzen Regeln gibt es kein reibungsloses Einfügen in die dörfliche und kirchliche Gemeinschaft. Auch keinen tadellosen Ruf.

Und das ist das einzig Wichtige hier! Das ist es, was zählt.

Therapiegespräch im Jänner 1990

Dr. Z. und Alexander Sommer

Ob ich schon Bekanntschaft mit dem Tod gemacht hab? Das klingt so eigenartig: Bekanntschaft mit dem Tod! Was meinen Sie denn damit? Ob ich schon einmal einen Toten gesehen habe, oder ob ich mich selber dem Tod nahe gefühlt hab?

Ja, Tote habe ich schon gesehen in meinem Leben.

Eine habe ich gesehen, das ist gar nicht so lange her, vor vier Jahren ist das gewesen. Ich habe im Wald, unterhalb von unserer Hütte, die Schöpf Maria gefunden, sie hat sich an einem Baum aufgehängt. Wieso, weiß ich nicht. Es hat keinen Abschiedsbrief gegeben. Angeblich hat sie gar nicht schreiben können, sie ist geistig ein bisschen zurückgeblieben gewesen. Geredet haben die Leute viel. Nein, es ist kein schöner Anblick gewesen, was glauben Sie, ich bin auch sofort weggelaufen und habe ihren Bruder geholt. Auf seinem Hof hat sie gelebt und gearbeitet, besonders nett ist er aber nicht mit ihr gewesen.

Wie ich sechs gewesen bin, ist die Oma gestorben, die Mutter von der Mutter. Sie hat bei uns im Haus gelebt. Mich hat sie nicht mögen und kein einziges Wort mit mir geredet. Wenn sie mit der Mutter über mich geredet hat, hat sie nur so gesagt: der Angenommene. Zum Schluss ist sie nur noch im Bett gelegen, und die Manu und ich haben sie in ihrem Zimmer oft besucht. Wir sind auf dem Bett gesessen, und die Manu hat ihr selbst ausgedachte Geschichten erzählen dürfen. Das hat der Oma gefallen. Ich wollte auch unbedingt Geschichten erzählen, ich bin immer wie auf Nadeln gesessen, wenn die Manu so rumgestottert hat und ihr nichts Gescheites eingefallen ist. Mich hat sie aber nicht lassen.

Nach ihrem Tod hat man sie in der Stube aufgebahrt. Das ist die Tradition, die Toten behält man bis zu ihrer Beerdigung daheim. Uns Kinder hat man hineingeführt, damit wir noch ein Vaterunser für sie beten. Die Stube ist voller Blumen gewesen, die sind in Kübeln auf dem Boden gestanden, weil wir zu wenige Vasen gehabt haben. Sie haben so richtig gestunken, die Blumen. Die Mutter hat geweint und geweint und auch die Anna und die Martina. Ich habe der Oma ins Gesicht geschaut, es ist so grau gewesen und hat wie Wachs ausgeschaut. Traurig bin ich nicht gewesen. Angst habe ich auch keine gehabt, so wie die Manu, die ist vor lauter Angst vor der Toten aus der Stube gerannt. Irgendwie habe ich nichts gefühlt. Es ist mir normal vorgekommen, dass sie da tot liegt, sie ist ja schon so alt gewesen.

Wie ich das zweite Mal einen toten Menschen gesehen hab, ist das nicht so normal gewesen, und für mich war das dann auch ziemlich schlimm. Das ist ein kleiner Bub gewesen, ein Kambodschanerbub, erst vier Jahre alt ist der gewesen. Er ist bei Hochwasser im Bach ertrunken. Die Familie ist 1976 aus Kambodscha geflüchtet und hat seit vier Jahren im Dorf gewohnt, bei unseren Nachbarn, beim Stern. Bevor sie ins Dorf gekommen sind, haben das einige verhindern wollen, irgendwer hat so ein Plakat geschrieben, *Wir brauchen keine Schlitzaugen in Sölden!,* und hat das dem Stern auf die Haustür gepickt.

In Kambodscha ist ja Krieg gewesen seit 1975, wegen der Roten Khmer, die haben das Volk unterdrückt und ausgerottet. Mich hat das alles interessiert, und ich habe später viel darüber gelesen. Es hat mich deswegen so interessiert, weil die Manu und ich viel mit der Ältesten gespielt haben. Wir sind auch zusammen in einer Klasse gewesen. Sie hat Li San geheißen und ist zwei Jahre älter als wir gewesen.

Der Stern ist ein großer Bauer, der sich geweigert hat, auf Gäste umzustellen. Er hat eisern die Milchwirtschaft weiter betrieben und geteufelt, dass wegen der Gäste das schöne Tal kaputt gemacht wird. Auf die Skilifte und großen Hotels hat er so geschimpft. Ja, jetzt, seit zwei oder drei Jahren gibt's bei ihm auch Urlaub auf dem Bauernhof.

Die Flüchtlingsfamilie hat der Stern aufgenommen, damit er halt billige Arbeitskräfte hat, das haben damals viele gesagt. Der Hof ist ja groß, und es hat viel Arbeit gegeben, und einen Knecht hat er sich nicht leisten können. Man hat den Mann, er hat Zhang Sen geheißen, den ganzen Tag rackern sehen, und die Frau hat im Haus gearbeitet, sie hat der Bäuerin beim Putzen und Kochen geholfen und mit den Kindern.

Der Stern und seine Frau haben gesagt, dass sie etwas wirklich Christliches tun haben wollen und deswegen die Familie aufgenommen haben. Es sind fünf Leute gewesen, die Eltern und drei Kinder. Sie haben in zwei kleinen Zimmern unterm Dach gewohnt und mit den Sterns mitgegessen. Eine eigene Küche haben sie nicht gehabt und keine richtige Heizung in den Zimmern. Ab und zu haben sie ein Taschengeld gekriegt. Viele haben sich aufgeregt über den Stern, dass der so was nicht machen kann. Sklaverei ist ja schon abgeschafft worden, haben sie hinter seinem Rücken gemeckert, aber unternommen hat niemand was. Ein paar haben den Stern auch bewundert, weil sie sich auch Gratisarbeitskräfte gewünscht haben.

Der kleine Bub hat Sokun geheißen, und Li San hat meistens auf ihn aufpassen müssen. Er ist uns so auf die Nerven gegangen. Und eines Tages ist er verschwunden gewesen. Die Eltern haben stundenlang nach ihm gesucht, und wir haben dann geholfen. Wir haben das ganze Dorf abgesucht, und im Wald sind wir herumgelaufen, und in jeden Stadel haben wir reingeschaut. Gegen Abend haben wir ihn gefunden, das heißt Li San hat ihn gefunden, sie hat ihn aus dem Bach gezogen.

Sie ist auf der einen Bachseite gestanden, allein, und

ich bin auf der anderen Bachseite gestanden, zusammen mit der Mutter, sie hat Kesor geheißen. Wir haben gar nicht so auf den Bach geschaut, sondern eher in den Wald hinein, und wir haben immer seinen Namen gerufen. Auf einmal sagt die Li San: Da ist er! Ich schau zu ihr rüber und sehe, wie sie mit der rechten Hand ins Wasser fährt und Sokun am Kopf herauszieht. Ich habe gedacht, mein Herz bleibt stehen! Sie hat ihn seelenruhig aus dem Wasser gezogen und ihn auf beiden Armen dann zum Hof getragen, fast einen Kilometer weit. Ohne etwas zu sagen und ohne zu weinen oder zu schreien, nur ganz still. Sie ist mir da so fremd vorgekommen und so – so abgebrüht irgendwie. Aber mir ist dann eingefallen, dass sie in ihrer Heimat viele tote Menschen gesehen hat, wie sie mit ihrer Familie zur thailändischen Grenze geflüchtet ist.

Ich bin auf der anderen Bachseite gegangen, neben Li Sans Mutter. Die Mutter hat geschrien wie am Spieß und sich die Haare gerauft. Vor dem Hof kommt uns Zhang Sen entgegen, und wie er seine Tochter mit dem blauen Sokun im Arm sieht, geht er zu dem Traktor, der da steht, und drischt mit seiner Stirn wie wild ein paar Mal gegen den Anhänger. Er war ganz blutig im Gesicht. Er hat der Li San den Buben abgenommen, ihn fest an sich gedrückt und ins Haus getragen.

Der Sokun hat nicht am Friedhof begraben werden dürfen, weil er nicht getauft war. Tagelang haben sie hin und her überlegt, was sie mit der kleinen Leiche machen sollen, die Familie Stern und der Pfarrer und andere. Der Pfarrer wollte ihn auf dem Friedhof begraben, aber der Pfarrgemeinderat hat dagegen gestimmt. Er ist dann unter einem großen Baum begraben worden, auf einer Wiese vom Stern.

Die Familie ist kurze Zeit darauf weggezogen, nach Wien, da haben Verwandte von ihnen gelebt. Ich habe die Li San nicht mehr gesehen.

Therapiegespräch im Jänner 1990

Dr. Z. und Alexander Sommer

Ich habe den Zeitungsartikel nicht mehr aus meinem Kopf bekommen. Auswendig habe ich ihn können. Vor allem der Satz »Bekannte vermuten, dass die labile junge Frau ihren Traum von einer Auswanderung wahr gemacht hat« ist in mir abgelaufen wie so eine hängen gebliebene Schallplatte.

Sie ist ausgewandert, ohne mich mitzunehmen! Ich habe ständig daran denken müssen. Das hat gehämmert in mir, nicht einmal oder zweimal in der Woche, nein, jeden Tag habe ich daran gedacht, jede Stunde. Vorgestellt habe ich sie mir in Neuseeland, in einem schönen weißen Haus am Strand, eines mit einer Holzterrasse. Dass sie Künstlerin ist und Bilder malt und Tonfiguren knetet. Wenn jemand labil ist, kann er nur als Künstler arbeiten, habe ich gedacht. Ich habe sie so gehasst, eine Zeit lang. Wieso ich sie mir immer in Neuseeland vorgestellt habe, weiß ich nicht mehr, vielleicht nur deswegen, weil das so weit weg ist.

Aber dann bin ich einfach froh gewesen, dass meine richtige Mutter nicht bei einem Autounfall gestorben ist, sondern dass sie lebt. Ich habe mir immer wieder gesagt, besser eine lebendige Mutter als eine tote, auch wenn sie dich verlassen hat. Sie hat sicher ihre Gründe gehabt.

Alles Mögliche habe ich mir ausgedacht! Dass ich im Krankenhaus gewesen bin und ein Arzt zu ihr gesagt hat: Ihr Sohn ist leider gestorben, obwohl es nicht die Wahrheit gewesen ist, er wollte mich nur für medizinische Experimente behalten, und dann ist sie eben mit gebrochenem Herzen nach Neuseeland ausgewandert. Später hat mich der Arzt nicht mehr gebraucht und mich ins Kinderheim gebracht.

Ich habe Pläne geschmiedet, dass ich sie in Neuseeland besuchen werde. Dabei habe ich mir vorgestellt, wie schön unser Wiedersehen sein wird. Ich habe sie mir zart vorgestellt, schlank, mit so einem weichen, freundlichen Gesicht und langen dunklen Haaren. Dass sie nie gestresst und genervt ist, dass sie eine leise, sanfte Stimme hat, dass ihre Bewegungen ruhig sind, dass sie eben so ganz anders ist als – als die Eltern. Ich habe mir vorgestellt, dass sie mich an sich drückt, ganz lang, und dass ihr dabei Tränen über die Wangen laufen, nicht dass sie laut weint, so was finde ich peinlich, nur dass ihr Tränen über die Wangen laufen.

Dann gehen wir in ihr Haus, und sie macht eine Führung für mich. Das Haus ist so hell und sauber, fast alle Möbel sind weiß, und die Räume sind sehr groß und hoch, nicht wie zu Hause, wo alle Räume so niedrig und dann noch mit dunklem Holz getäfelt sind, dass es immer finster ist. Die Wände und Decken sind einfach weiß gestrichen, Holztäfelungen gibt's keine.

Dann sitzen wir auf der Terrasse und trinken Tee und schauen aufs Meer hinaus.

Therapiegespräch im Jänner 1990

Dr. B. und Anna Winter

Ja, was soll überhaupt das ganze Gequatsche über unsere Kindheit? Soll uns das helfen?

Unsere Kindheit ist nicht schlimm gewesen, auch nicht die vom Alexander. Aber Sie fragen auch speziell nur nach solchen Sachen, dass man sich nachher selber sagt: Um Gottes willen, was habe ich für eine schlimme Kindheit gehabt! Aber so stimmt das eben nicht. Ja, so ist eben diese Zeit gewesen! Doch, das kann man sagen, dass die Zeit so gewesen ist.

Den anderen im Dorf ist es auch nicht besser gegangen, manchen vielleicht sogar schlechter. Ja, von einer Freundin weiß ich, dass sie und ihre Geschwister ein paar mit einem Gürtel auf den nackten Hintern bekommen haben, wenn sie bei der Arbeit nicht gespurt haben. Das hat ordentlich rote Striemen abgegeben, manchmal auch blutige. Das hat's bei uns nie gegeben.

Ja, was wollen Sie eigentlich herausfinden? Dass unsere Eltern Monster sind? Das sind sie nicht!

Ich finde, jede Kindheit hat schöne und schlimme Momente, es gibt gar keine Kindheit, die nur schlimm ist oder nur schön.

Ich will heute wirklich nicht reden, irgendwie zerredet man alles. Ich gehe jetzt!

Therapiegespräch im Jänner 1990

Dr. Z. und Alexander Sommer

Dem Tod nah gefühlt habe ich mich einmal auf der Alm, in meinem letzten Sommer oben. Nachher hat der Vater den Almbetrieb auf Jungvieh reduziert, vielleicht auch ein bisschen deswegen.

Der Matthias ist krank gewesen, und deswegen ist eine Woche lang die Manu zu mir raufgekommen. Eigentlich wollten sie die Anna oder die Martina schicken, aber die Manu hat gleich gesagt, dass sie raufgehen will. Der Mutter ist es nicht so recht gewesen, weil wir erst zwölf waren, aber der Vater hat gesagt, die schaffen das schon.

Weil die Mutter gerade Speckknödel gemacht hat, ganz viele, zum Einfrieren, hat sie der Manu fünfzig Speckknödel mitgegeben. Sie hat gesagt, kocht euch jeden Tag zehn Knödel, für jeden fünf, und dann kommts fünf Tage aus, und dann wird ja wohl der Matthias wiederkommen. Die Knödel sind uns schon am zweiten Tag so zum Hals rausgehängt. Wir haben uns eine Zielscheibe gebastelt und mit den Knödeln drauf geschossen, und ein paar haben wir einem Kalbl verfüttert, aber dem haben sie auch nicht so geschmeckt. Wir haben uns fast jeden Tag Spiegeleier mit Speck gemacht, da bin ich Profi gewesen, das hat mir der Matthias beigebracht, oder die Manu hat Nudeln gemacht. Weil uns dann die Eier ausgegangen sind, sind wir zur Nachbarsalm rübergeschlichen und haben dort die Eier eingesammelt, der Mutschlechner hat Hühner gehabt bei der Hütte.

Wir haben die ganze Woche einen Mordsspaß gehabt. Wir haben Pfarrer und Ministrant gespielt und eine Messe gelesen für unsere toten Kühe, die hat der Vater immer im Wald unter der Hütte vergraben. Erst seit ein paar Jahren wird das tote Vieh abgeholt und als Schlachtabfall entsorgt, früher hat jeder Bauer es im Wald irgendwo vergraben. An einer Stelle ist so ein selber gebasteltes Kreuz gestanden, das hat einmal die Anna hingestellt, weil ihre Lieblingskuh Ludmilla auch dort vergraben worden ist. Die Manu ist der Pfarrer und ich der Ministrant gewesen, und sie hat lauter Blödsinn geredet, mit so einer feierlichen Stimme, und dann haben wir beide einen Lachkrampf gehabt.

Auf einmal hat die Manu gesagt: Komm, lass uns graben, schauen wir nach, wie viel von den Kühen noch da ist, ich wollte immer schon mal ein Kuhgerippe sehen. Wir haben also von der Hütte zwei Schaufeln geholt und haben angefangen da zu graben und haben nicht gesehen, dass der Vater mit der Sense durch den Wald zu uns raufkommt, weil er bei der Hütte mähen wollte. Wie er uns so graben gesehen hat, ist er zu uns gelaufen und hat uns angeschrien, was uns denn einfallt, und hat uns verjagt. Fast wär er mit der Sense auf uns losgegangen, so wild ist er gewesen. Er hat dann den ganzen Tag nichts mit uns geredet, sondern nur gemäht wie so ein Verrückter, nicht einmal gegessen hat er mit uns. Wir waren froh, wie er weg gewesen ist, und er ist dann die ganze Woche Gott sei Dank nicht mehr gekommen.

Wir haben Indianer gespielt und uns von oben bis unten mit Dreck beschmiert und uns dann nackt in den Brunnen gesetzt, aber das wäre fast nicht mehr runtergegangen. Einmal haben wir ein Kalbl auf das Plumpsklo gesetzt. Wir haben Radio gehört, das ist so ein kleines mit Batterien gewesen, wir haben sogar Ö3 reingekriegt, da sind wir ganz glücklich gewesen. Die Lieder »Skandal im Sperrbezirk« von der Spider Murphy Gang und »Ein bisschen Frieden« von der Nicole haben sie da oft gespielt, und wir haben sie laut mitgesungen.

Jede Nacht habe ich der Manu vorlesen müssen, aus den Irrfahrten des Odysseus, nein, nicht das Original, so ein Jugendbuch ist das. Wir haben das nachgespielt, das mit dem einäugigen Zyklop, wie ihn der Odysseus überlistet, damit er und seine Männer aus der Höhle flüchten können. Ich habe probiert, wie man sich an die Bauchseite eines Kalbls hängen kann, ohne dass man runterfällt. Schafe sind ja keine da gewesen. Runtergefallen bin ich ein paar Mal, und dann ist das Kalbl über mich drüber.

Die Manu hat sich in der Woche auch ihre Haare

abgeschnitten, obwohl ich ihr gesagt habe, tu's nicht, die Mutter wird dich schimpfen. Mit der Mutter hat sich die Manu schon damals nicht so gut verstanden.

Ich hasse meine Zöpfe, hat sie gesagt und gelacht. Das Messer hat sie genommen und sich die Haare abgeschnitten. Ja, mit dem Messer, Schere ist ja keine da gewesen, sie hat sich die Haare so richtig abgesäbelt. Sie ist vor der Hütte in der Sonne gehockt und hat sich zuerst die zwei Zöpfe abgeschnitten. Und weil ihr das noch zu lang gewesen ist, hat sie immer so einen Packen Haare in die Hand genommen und daran herumgesäbelt. Hinten musste ich ihr dann helfen. Es hat mir gefallen. Die Manu hat sich immer mehr getraut als wir alle zusammen, ich habe sie deswegen oft bewundert.

Nachher hat sie verrückt ausgeschaut, aber auch gut, es hat zu ihr gepasst. Sie hat so ein bisschen wie Heidi ausgeschaut, weil ihre Haare so schwarz und dick und lockig waren, und ich habe das zu ihr gesagt: Du schaust aus wie die Heidi. Sie ist jodelnd um das Haus gelaufen und hat das Lied ganz laut gesungen: Heidi, Heidi, deine Welt sind die Berge! Und dann hat sie weitergedichtet und das Lied geschrien und geschrien, immer wieder, wie so eine Irre: Hallo, hallo, unsere Gäste lieben Berge, dunkle Spanner, geile Augen im Dämmerlicht, hallo, der da, braucht mich zum Glücklichsein!

Am Abend hat das Wetter umgeschlagen, es sind Wolken aufgezogen, und es hat ein Gewitter gegeben. Im Bett habe ich Manu gefragt, wieso sie das Lied gesungen hat. Da hat sie mir erzählt, was vor ein paar Tagen passiert ist. Deswegen hat sie unbedingt auf die Alm wollen. Ein Gast, der ist schon etwas älter gewesen, hat ihr im Heustadel aufgelauert und sie begrapscht. Er hat sein Hosentürl aufgemacht, sie an der Hand gepackt und wollte, dass sie mit der Hand sein Ding umfasst. Sie hat ihn gebissen und ist davongelaufen. Der Gast hat dann so getan, als wäre nichts gewesen, er ist trotzdem geblieben und mit seiner Familie in der Stube gehockt und hat so blödes Zeug geredet. Die Manu hat es der Mutter erzählt am nächsten Tag, und die Mutter hat's ihr am Anfang nicht geglaubt und dann aber nur gesagt, sie soll die Sache nicht so aufbauschen und dem Gast aus dem Weg gehen, der fährt sowieso bald ab, und der Vater soll nichts erfahren. Die Manu hat es aber dem Vater erzählt, und der ist so fuchsteufelswild gewesen und hat den Gast rausgeschmissen.

Ich habe nicht gewusst, was ich zur Manu sagen soll oder ob ich sie trösten soll. Sie hat so traurig ausgeschaut, wie sie es mir erzählt hat. Ich habe dann weiter vorgelesen aus dem Buch, das war die Stelle, wo der Odysseus zu seiner Penelope heimkommt und alle Freier mit Pfeilen durchbohrt. Dabei ist sie eingeschlafen.

Am nächsten Tag ist die Manu so heiser gewesen und hat sich grippig gefühlt. Sie ist im Bett geblieben. Das Wetter ist ganz schlecht gewesen, kalt und neblig, und es hat genieselt. Der Nebel ist immer stärker geworden, und weil das Vieh so weit oben war, habe ich gegen

Abend rauflaufen müssen, damit ich es runtertreiben kann. Ich bin zwei Stunden rumgehetzt und habe das Vieh nicht gefunden. Ganz panisch bin ich geworden, weil ich gewusst habe, wenn dem Vieh was passiert, wird der Vater narrisch. Ich habe nichts mehr gesehen, nicht mal mehr die Hand vor meinen Augen, so stark war der Nebel, und habe mir die Lunge aus dem Leib gebrüllt. Ganz verschwitzt war ich, und so Angst habe ich gehabt, dass ich das Vieh nicht finde und dass ich selber nicht mehr zur Hütte finde. Ich habe nämlich nur ein kurzärmeliges Leiberl angehabt, und kaum bin ich ein bisschen stehen geblieben, habe ich gefroren.

Und dann bin ich auf einer Steinplatte ausgerutscht und niedergeknallt, mit dem Kopf auf einen spitzen Stein, und bin sofort bewusstlos gewesen. Wie ich aufgewacht bin, ist es stockdunkel gewesen, und immer noch neblig und eiskalt. Mir ist so schlecht gewesen, und der Kopf hat mir wehgetan, auf den Fingern habe ich das Blut gesehen, und ich habe es auch über den Nacken rinnen gespürt. Ich habe nicht gehen können, obwohl ich's probiert hab, aber ich bin zu schwach gewesen. Ich bin ab und zu so halb bewusstlos weggedöst, und wenn ich wach gewesen bin, habe ich eine Riesenangst gehabt, dass ich hier sterben muss. Mir ist wieder die Hexe aus meinen früheren Träumen eingefallen, und ich wollte sie aus meinem Hirn verscheuchen, aber sie ist immer wiedergekommen und hat ihre grausigen Hände um meinen Hals gelegt und mich gewürgt.

Und dann ist die Hexe plötzlich weg gewesen, und das Gefühl, dass ich sterben muss, war irgendwie gar nicht so schlimm und sogar ein bisschen schön. Ich habe mich drauf gefreut. Einfach einschlafen wollte ich und nie mehr aufwachen und nie mehr wen sehen.

Spät in der Nacht, eigentlich schon gegen Früh, hat mich der Vater mit der Taschenlampe gefunden und zur Hütte getragen. Die Manu hat ihn geholt, weil ich stundenlang nicht zurückgekommen bin und sie mich nicht gefunden hat. Sie ist dann daheim geblieben, weil sie hohes Fieber gehabt hat.

Er hat meine Wunde mit Schnaps ausgewaschen, das hat so furchtbar gebrannt, und mich verbunden. Und weil es nur ein Bett gibt in der Hütte, haben wir nebeneinander geschlafen. Das ist für mich so ungewohnt gewesen, neben dem Vater zu liegen, und ich habe gar nicht einschlafen können. Ich habe ihn atmen gehört und seinen Geruch eingeatmet.

Am nächsten Tag hat er gemolken, und dann sind wir mit dem Traktor runtergefahren. Beim Arzt hat er mich aussteigen lassen. Ich bin am Hinterkopf genäht worden mit sieben Stichen, die Ordinationshilfe hat vorher die Stelle ausrasieren müssen. Sie hat mich auch nachher heimgebracht.

Die Manu und ich sind dann ein paar Tage lang im Bett gelegen, aber vorlesen habe ich ihr am Anfang gar nicht können, so schwach habe ich mich gefühlt.

Therapiegespräch im Jänner 1990

Dr. R. und Monika Winter

Ich bin im April 1934 geboren worden, hier in diesem Haus, im Schlafzimmer meiner Eltern. Zwei Jahre später ist meine Schwester, die Franziska, auf die Welt gekommen. Sie hat ziemlich jung nach Obergurgl geheiratet, sie und ihr Mann haben vier Kinder. Sie vermieten auch Zimmer an Gäste.

Danach hat meine Mutter keine Kinder mehr bekommen können, aber der Doktor hat nicht gewusst, wieso. Sie hat nur noch zwei Fehlgeburten gehabt, und bei der zweiten wär sie fast verblutet. Zu mir hat sie einmal gesagt, dass sie froh darüber gewesen ist, dass sie nur zwei Kinder gehabt hat. Ich habe ihr das geglaubt. Vieles ist leichter gegangen deswegen. Sie hat die Frauen nicht beneidet, die jedes Jahr ein Kind bekommen haben, bis es dann an die zwölf oder dreizehn gewesen sind. Die haben ja auch einen Haufen Arbeit neben den Kindern gehabt!

Der Vater hätte natürlich gern mehr Kinder gehabt, vor allem hat er sich einen Sohn gewünscht. Er hat gelitten unter der Tatsache, dass er keinen männlichen Erben hat für den großen Hof und den ganzen Grund und Boden. Aber wir zwei, meine Schwester und ich, sind alles für ihn gewesen.

Es ist eigenartig, wie sich dann alles wiederholt hat bei mir. Mein Mann und ich haben hintereinander drei Mädchen bekommen und – ja, mein Mann hat sich auch unbedingt einen Sohn gewünscht. Er hat mir keine Ruhe mehr gelassen und ist mir ständig in den Ohren gelegen, wir sollen einen Buben als Pflegekind aufnehmen. Später können wir ihn dann adoptieren, und die Anna, Martina und Manuela hätten einen Bruder. Zu einer Adoption ist es nie gekommen, bis heute ist der Alexander rechtlich ein Pflegekind. Ja, wieso habe ich nachgegeben? Heute glaube ich, ich habe mich unbewusst schuldig und ein bisschen minderwertig gefühlt, weil ich nur Töchter geboren habe.

Wir sind also nach Innsbruck zum Jugendamt gegangen und haben einen Antrag auf ein Pflegekind gestellt, und die Beamtin ist von uns begeistert gewesen, das weiß ich noch genau. Schon drei Kinder, und Sie wollen noch eines aufnehmen, das finde ich lobenswert, hat sie gesagt, wenn alle Familien so denken würden, wären unsere Kinderheime nicht derart überfüllt. Sie hat uns dann von einigen Kindern erzählt, für die Pflegeeltern gesucht werden und die für uns in Frage kommen.

Der Toni hat sich unbedingt einen Zwei- bis Vierjährigen eingebildet, er hat gesagt, er möcht einen, der keine Windel und kein Flascherl mehr braucht, aber grad das hätte mir gefallen. Noch einmal ein Baby versorgen! Ich bin fast vierzig gewesen und habe gedacht, dass ich keines mehr bekomme.

Die Beamtin hat uns dann auch vom Alexander erzählt. Die leibliche Mutter vom Alexander ist vor einem halben Jahr einfach verschwunden und seitdem nicht mehr aufgetaucht, hat sie gesagt. Das ist sogar in der Zeitung gestanden damals, und sie hat uns den Zeitungsartikel gegeben. Sie hat uns erzählt, dass die Behörden davon ausgehen, dass die Mutter sich ins Ausland abgesetzt hat, und die Polizei deshalb den Fall abgeschlossen hat.

Adoptieren hätten wir ihn also erst können, nachdem die Frau für tot erklärt worden wäre, das wäre nach zehn Jahren. Das hat mir auch nicht gepasst. Bitte, welche Frau wandert ohne ihr Kind aus? Wenn ich schon ein Kind aufnehmen muss, weil mein Mann sich das einbildet, dann bitte ein Waisenkind, wo ich weiß, die Eltern sind tot, aus, fertig, und ich adoptiere es sofort, und die Namen sind gleich. Aber so?

Der Toni hat sich dann auf zwei festgelegt, auf den Alexander und auf einen Zweijährigen, der hat Christian geheißen. Die Beamtin ist mit uns nach Axams in das Landeskinderheim gefahren, und wir haben uns die zwei anschauen und mit ihnen spielen dürfen. Mir hätte der Christian viel besser gefallen, aber der Toni hat sich für den Alexander entschieden.

Ich habe nachgegeben, und eine Woche später haben wir den Alexander abgeholt, weil ich es Toni recht machen wollte und mir eine Ehe ohne Streit wichtig gewesen ist. Obwohl – obwohl mir die Sache sehr, wirklich sehr widerstrebt hat, die ganze Sache! Im Grunde wollte ich überhaupt kein Pflegekind haben, ich habe ja drei kleine Kinder daheim gehabt! Und dann der Name! Das Kind hat mit Nachnamen Sommer geheißen und ich habe mir nur gedacht: Oh Jesus Maria, das geht nicht gut, Sommer und Winter, wie soll das gut gehen? Der Toni hat aber laut gelacht, wie die Beamtin den Namen vom Alexander vorgelesen hat, und er hat gesagt: Na komm, Monika, das passt ja perfekt, Sommer und Winter gehören ja zusammen! Daheim im Dorf haben das viele nicht glauben können, wie sie zum ersten Mal den Namen vom Kind gehört haben. Eine Zeit lang ist das der gängige Witz gewesen, dass man gefragt hat: Na, wie geht's dem Sommer beim Winter?

Ich habe den Buben mit einem richtigen Widerwillen mit nach Hause genommen. Am Anfang habe ich's auch gar nicht geschafft, fein mit ihm zu sein. Es hat sich dann die ersten paar Monate mehr mein Mann um ihn gekümmert. Die Manuela ist ja fast gleich alt wie der Alexander, und Gott sei Dank hat sie ihn gleich ins Herz geschlossen. Die beiden sind den ganzen Tag beieinandergesteckt! Und deswegen ist es für mich leichter gewesen, und ich habe mich dran gewöhnt, dass da ein fremdes Kind am Tisch sitzt.

Nach zehn Jahren haben wir nicht mehr an eine Adoption gedacht, es ist kein Thema mehr zwischen dem Toni und mir gewesen, weil inzwischen der Andreas auf der Welt gewesen ist. Nicht, weil wir den Alexander nicht adoptieren hätten wollen, wir haben's einfach mit der Zeit vergessen.

Vierundvierzig bin ich gewesen, da bin ich noch einmal schwanger geworden. Der Toni ist so glücklich über den Andreas gewesen!

Therapiegespräch im Jänner 1990

Dr. Z. und Alexander Sommer

Was meine schönste Erinnerung ist, wollen Sie wissen? Wie die Li San zum ersten Mal Schnee gesehen hat, das ist – ja, das ist besonders gewesen.

Die Familie ist im Frühling angekommen, und nach den Sommerferien ist sie mit mir und der Manu in die erste Klasse gekommen, obwohl sie schon acht gewesen ist. Aber der Direktor hat gesagt, weil sie schlecht Deutsch spricht, soll sie mit der ersten anfangen. Sie hat auch nicht ausgeschaut wie acht, sie war so klein und dünn. In Kambodscha ist sie keinen einzigen Tag in die Schule gegangen, weil sie auf der Flucht gewesen sind, hat sie uns später erzählt.

Am ersten Schultag ist sie mit ihrer Mutter und der Frau Stern zur Schule gekommen. Die Mutter hat keinen Rock angehabt, sondern ein langes buntes Tuch umgewickelt, bis zu den Knöcheln, und so komische Sandalen hat sie getragen. Alle haben sie angestarrt. Die Li San hat ein Dirndl angehabt, das ist so ein altes von der Maria Stern gewesen. Sie hat mir gut gefallen im hellblauen Dirndl mit ihrer dunklen Haut und den schwarzen Zöpfen und den weißen Zähnen. Weil wir Nachbarn sind, hat die Stern uns gefragt, ob wir sie ab morgen immer mitnehmen zur Schule, wenigstens im ersten Monat, bis sie allein gehen kann.

Am nächsten Tag sind die Manu und ich zum Stern gelaufen, aber die Li San ist nicht vor der Tür gestanden. Wir haben sie dann allein in der Küche gefunden, die anderen sind noch im Stall gewesen oder irgendwo. Sie hat die Jacke und die Schuhe noch nicht angehabt, und die Schultasche ist am Boden gelegen. Sie ist dagestanden und hat so – irgendwie so verloren ausgeschaut. Hast du schon ein Jausenbrot?, hat die Manu sie gefragt, und sie hat den Kopf geschüttelt. Du brauchst aber ein Jausenbrot, hat die Manu gesagt, und sie ist zum Tisch gegangen und hat zwei Brotscheiben runtergeschnitten. Was willst du, Marmelade oder Honig?, hat sie die Li San gefragt und eine Scheibe mit Butter beschmiert. Die Li San hat auf einmal die Zuckerdose genommen und hat Zucker auf das Brot geschüttet. Wir haben total blöd dreingeschaut. Sie hat die zweite Scheibe draufgetan und das Brot, ohne irgendein Sackerl oder eine Folie, in die Schultasche gestopft. Dann sind wir in die Schule gegangen.

Wie es zum ersten Mal in dem Herbst geschneit hat, sind wir schon früher von daheim weg. Wir sind beim Stern in die Küche rein und haben geschrien: Li San, komm, es hat in der Nacht geschneit! Der erste Schnee im Jahr ist für uns immer was Besonderes gewesen.

Die Li San ist mit dem Nachthemd am Tisch gesessen und hat allein gefrühstückt. Sie ist mit uns hinausgelaufen und bei der Tür ganz plötzlich stehen geblieben. Den Schnee hat sie angeschaut, als wäre er etwas Schreckliches, sie ist richtig erschrocken, weil alles so weiß gewesen ist. Dann ist sie ganz langsam die Stufen runtergegangen, in den Schnee hinein. Sie hat sich gebückt und ihn angegriffen und auf ihr Gesicht getan, sie hat ihn auch gegessen. Dann hat sie gelacht und im Schnee getanzt, barfuß, und wir haben dann auch mitgetanzt. Zur Schule sind wir zu spät gekommen.

An das habe ich jahrelang denken müssen, wie sie so im Nachthemd barfuß im Schnee tanzt, die Arme zur Seite ausgestreckt und das Gesicht zum Himmel gehoben, und ihre Augen haben geglänzt.

Therapiegespräch im Jänner 1990

Dr. B. und Martina Winter

Es war Ende November, als der Alexander zu uns gekommen ist, und im Dezember wurde er dann drei. Er hat am 24. Dezember Geburtstag, und weil das eine stressige Zeit für die Eltern ist – wegen Weihnachten und das Haus ist ja voller Gäste –, haben wir seinen Geburtstag eigentlich nie an dem Tag gefeiert. Seinen ersten Geburtstag bei uns, also seinen dritten, haben die Eltern überhaupt vergessen. Am Abend unter dem Christbaum hat die Anna gefragt: Hat heute nicht der Alexander Geburtstag? Das war ihnen dann vor den Gästen peinlich, und ein Gast, der Koschuth war das, glaube ich, hat dem Alexander etwas geschenkt.

Später feierten dann die Manu und er immer zusammen Geburtstag. Sie ist im Oktober geboren. Eigentlich bringt es ja Unglück, einen Geburtstag früher zu feiern, aber den vom Alexander haben wir immer schon im Oktober gefeiert. Im Oktober haben die Eltern Zeit für so etwas, im Dezember geht die Wintersaison los, da ist die Mutter mit den Gästen in der Pension beschäftigt und der Vater mit dem Skilift und seit sechs Jahren mit dem Hotel sowieso. Im Oktober und November sind keine Gäste da, mein Gott, haben wir das immer genossen! Auch die Eltern sind dann lockerer, nicht so gestresst, dafür mussten wir wieder mehr in die Kirche gehen, und am Abend haben wir Rosenkranz gebetet. Wenn Gäste da waren, ist das meistens weggefallen.

Am Anfang, im ersten halben Jahr, hat sich der Vater um den Alexander bemüht, er war wirklich nett mit ihm und hat ihn überallhin mitgenommen. Er ist mit ihm einmal sogar rodeln gegangen, da hat er uns mitgenommen. Das war ein Erlebnis für uns alle, die Eltern haben ja nie etwas mit uns unternommen.

Die Mutter hat am Anfang mit dem Alexander kaum was geredet, nur das Notwendigste, sie hat ihn auch nicht auf den Schoß genommen oder ihn gestreichelt oder ihm ein Buch vorgelesen. Er war ja noch so klein. Uns, der Anna und mir, ist das schon aufgefallen und komisch vorgekommen. Wir haben uns dann um ihn gekümmert, er war ein bisschen unsere Puppe. Aber zwei, drei Jahre später dann hat die Mutter kaum mehr einen Unterschied zwischen uns und dem Alexander gemacht, auch der Vater nicht mehr. Er hat ihn nicht mehr überallhin mitgenommen und ist nicht mehr mit ihm rodeln gegangen.

Eigentlich wollte ich von der ersten Nacht erzählen, die der Alexander bei uns war. Die Eltern sind mit ihm spät am Abend heimgekommen. Wir sind alle ganz neugierig bei der Tür gestanden und haben ihn angestarrt. Er hat total verschüchtert ausgeschaut, kein Wort gesagt und nur auf den Boden gestarrt. Wir haben die

Eltern mit Fragen überfallen, wir haben gefragt, wie er heißt, wie alt er ist, wieso er keine Mutter hat, wieso sie gestorben ist und ob er jetzt für immer bei uns bleibt. Wir waren so laut, und er hat angefangen zu weinen. Er hat heftig geschluchzt, sein ganzer Körper hat gezittert, und er wollte bei der Tür hinauslaufen. Die Mutter wollte ihn an der Hand in die Küche ziehen, um ihm eine Kakaoflasche zu geben, aber er hat sich auf den Boden gehockt und hat nur geweint. Der Vater hat ihn dann hochgehoben und ihn in unser Zimmer getragen, wo sein Bett aufgestellt worden ist. Der Alexander ist aber nicht im Bett liegen geblieben, sondern hat sich in eine Ecke, unter den Tisch, verkrochen. Wir haben die Mutter geholt, aber sie hat gesagt, wir sollen ihn halt lassen, wenn ihm kalt ist, geht er schon in sein Bett zurück.

Am Morgen haben wir die Manu und ihn dort gefunden. Die Manu hat unter dem Tisch mit den Bettdecken und Pölstern ein Lager gemacht, und da haben sie geschlafen.

Das werde ich nie vergessen! Es hat so nett ausgesehen, wie die beiden Kleinen da gelegen sind und geschlafen haben, die Manu ist auf dem Rücken gelegen und der Alex auf der Seite, mit seinem Kopf auf ihrer Schulter. Die Anna und ich haben so lachen müssen, da sind sie aufgewacht.

Therapiegespräch im Jänner 1990

Dr. B. und Andreas Winter

Ja, ich vermiss meinen Papa total. Nein, den Alex vermiss ich nicht. Ich kenn den Alex nicht gut. Mag ihn auch nicht so.

Er hat nie was mit mir geredet. Er ist immer nur rumgerannt auf dem Hof mit seinem dreckigen Gewand. Hat gebuckelt. Oder er ist weggelaufen. Auf die Alm zum Beispiel. Oder er hat sich in seinem Zimmer eingesperrt. Oder er ist mit dem Postbus weggefahren. Da hat dann die Mutter immer fest über ihn geschimpft.

Für die anderen bin ich auch Luft gewesen. Nur für die Mama und den Papa nicht. Die Martina und die Manu haben zu mir oft »kleiner verwöhnter Fratz« gesagt. Ich wollte immer dazugehören. Zu den vier Großen. Ich bin neidisch gewesen. Die haben oft von früher geredet. Wie noch keine Gäste da gewesen sind. Oder sie haben über die allerersten Gäste gelacht. Ich habe nicht mitreden können.

Und am Nachmittag bin ich meistens allein gewesen. Ich habe mir gewünscht, dass ich einen Bruder habe, der nur ein Jahr jünger ist. Oder dass ich älter bin und zu den anderen gehöre.

Therapiegespräch im Jänner 1990

Dr. Z. und Alexander Sommer

Später sind dann die Fragen gekommen.

Wieso ist das von der Polizei nicht überprüft worden, das mit der Auswanderung? So was kann man doch überprüfen, an den Flughäfen oder Grenzübergängen oder in den Schiffshäfen? Ich habe mir gedacht, arbeitet da die Polizei nicht zusammen mit der von anderen Ländern in so einem Fall? Und wieso bin ich nicht zu Verwandten gekommen, zu den Großeltern zum Beispiel oder zu einer Tante?

Ich wollte sie einfach finden, das war alles, ich wollte sie so schnell wie möglich finden, damit ich ihr schreiben kann! Ich habe so eine Ungeduld in mir gespürt!

Therapiegespräch im Jänner 1990

Dr. R. und Monika Winter

Wie ich meinen Mann kennengelernt habe?

Das ist im Oktober 64 gewesen. Ich habe Erdäpfel ins Hotel Hochalp geliefert, und dort hat der Toni als Kellner gearbeitet, seit einem Jahr. Vorher hat er in Wien gelebt, er ist ja gebürtiger Wiener. Er hat aus der Großstadt weg wollen und ist deswegen nach Tirol gekommen, weil es ihm so gut gefallen hat, wie er im Krieg ein Jahr lang bei Verwandten gewesen ist mit seiner Mutter, weil die Wohnung ausgebombt war. Ich erinnere mich noch genau, was er zu mir gesagt hat über das eine Jahr: Es ist mir wie das Paradies vorgekommen! Wir in der Stadt haben ja gehungert, und in dem Dorf, auf dem Bauernhof, ist keiner hungrig gewesen! Jeder hat seine Arbeit gehabt, seinen bestimmten Platz in der Gesellschaft! Und am Abend ist man gemütlich in der Zirbenstube gehockt.

Genau das hat er gesagt, und deswegen ist er 63 nach Sölden gekommen. In Wien hat er vorher jahrelang als Versicherungsvertreter gearbeitet, weil er einen Kredit zurückzahlen hat müssen, den er für eine Bareröffnung aufgenommen hat. Sein Vater ist im Krieg gefallen, die Mutter hat ihn alleine großziehen müssen, und sie ist an Krebs gestorben, da ist er gerade fünfzehn gewesen.

Ich bin dreißig gewesen und der Toni fünfundzwanzig. Ich habe mich sofort in ihn verliebt, ja, es stimmt, für mich ist es Liebe auf den ersten Blick gewesen. Ich glaube, für den Toni auch, wir haben nie darüber geredet, auf alle Fälle hat er mir vom ersten Tag an den Hof gemacht.

Der Toni hat es mit den Frauen können, und sie sind ihm alle nachgelaufen, aber er hat es auch mit den Männern können, er hat es verstanden, jeden auf seine Weise zu nehmen. Er hat sehr gut ausgesehen und ein gutes Benehmen gehabt, ein erfahrenes, weltmännisches Benehmen. Er ist lustig gewesen und immer zu Späßen aufgelegt, aber er hat auch ruhig und verständnisvoll sein können, mit den alten Menschen zum Beispiel und wenn es gefragt gewesen ist. Mir hat es imponiert, dass er sich für mich interessiert hat, und die jungen Leute hat's gewundert, weil ich bin nicht gerade die Hübscheste gewesen. Wegen der Kinderlähmung, die ich mit neun gehabt habe, ist mein rechtes Bein ein bisschen steif geblieben, und ich ziehe es ein wenig nach, als junges Mädchen habe ich wirklich sehr darunter gelitten. Der Toni hat mir als erster Mann das Gefühl gegeben, dass ich eine gut aussehende Frau bin.

Meine Eltern haben mich vor ihm gewarnt, sie haben sein Verhalten als »schmierig« bezeichnet, besonders mein Vater ist gegen ihn gewesen. Wie es sich im

Frühjahr 65 herausgestellt hat, dass ich schwanger bin, hat er vor Wut einen Stuhl zertrümmert. Meine Mutter hat lang mit mir geredet, und ich habe ihr gesagt, dass ich den Toni wirklich gernhabe, und da hat sie gesagt: Meinen Segen hast du, Mädel, und vielleicht ist es auch zu was gut, dass es kein Alteingesessener ist. Die Alteingesessenheit ist dazumal alles gewesen.

Meine Mutter ist eine vom alten Schlag gewesen, eine starke Frau war sie, die hätte sich nichts gefallen lassen, und Würde hat sie gehabt. Das ist das richtige Wort für sie, wenn man sie beschreiben will: würdevoll. Wo gibt's das heute noch?

Sie ist dagegen gewesen, dass wir ein Pflegekind aufnehmen. Sie hat zu mir gesagt: Gib deinem Mann nicht in allem nach, Monika, du hast drei Kinder! Ein fremdes nehmen, wenn man eigene hat, tut nicht gut! Ein Pflegekind sollen die aufnehmen, die keine bekommen können!

Ich habe ja das Gleiche gedacht. Aber mir ist es wichtig gewesen, mit dem Toni nicht zu streiten. Wir haben so viel gestritten in den ersten Jahren unserer Ehe, vor allem wie mein Vater noch gelebt hat. Mein Vater hat keine Gelegenheit ausgelassen, dem Toni zu zeigen, dass er ihm nicht gut genug ist. Mit mir hat er ein Jahr lang nicht geredet, nachdem er erfahren hat, dass ich schwanger bin. Er ist ein stolzer und sturer Mann gewesen.

Mein Vater ist lange Zeit Bürgermeister gewesen,

und es hat ihn immer gewurmt, dass er keinen Buben hat, dem er den Hof übergeben kann. Er hat gehofft, dass er wenigstens einen ordentlichen Schwiegersohn abkriegt, einen, der was hat und der was darstellt im Tal. Das hat er oft genug gesagt! Der Toni hat nichts besessen, also nichts mit in die Ehe gebracht, und im Dorf ist er nur der Dahergelaufene gewesen, der Stadtler, der halt eine Erbin schwängert, damit sie ihn heiraten muss. Am liebsten wäre ihm der Ennemoser Karl gewesen, mit dem Toni ist er nicht zufrieden gewesen, überhaupt nicht, er hat ihn nur herumkommandiert und sekkiert. Der Toni wollte von Anfang an auf Gäste umstellen, aber mein Vater hat es uns verboten, er hat sich gegen jede Modernisierung gewehrt. Die zwei haben sich richtig gehasst, den ganzen Tag hat mein Vater mit ihm gekeift und ihn vor anderen Leuten lautstark heruntergemacht. Der Toni hat sich verschlossen, auch mir gegenüber, und ist mit einer Verachtung im Gesicht auf dem Hof herumgerannt und hat halbherzig seine Arbeit gemacht.

Einmal, da ist die Martina schon auf der Welt gewesen, ist mein Mann mit der Axt auf meinen Vater losgegangen, und der hat dann die Gendarmen geholt. Der Toni hat seine Sachen gepackt und ist nach Innsbruck gefahren und hat eine Stelle als Versicherungsvertreter angenommen. Er ist nur am Wochenende heimgekommen, aber auch nicht immer. Wir brauchen das Geld, hat er gesagt, der Hof wirft nicht genug ab, aber das ist nur eine Ausrede gewesen, er hat's daheim nicht mehr ausgehalten. Natürlich habe ich gemerkt, dass er unglücklich gewesen ist! Mir ist es auch nicht gut gegangen, ich habe jeden Moment erwartet, dass er zu mir kommt, die Scheidung verlangt und auf und davon geht. Eine Scheidung hätte ich nicht akzeptiert, so was hat's im Dorf einfach nicht gegeben! Bis dass der Tod uns scheidet, das haben wir dem Herrgott gelobt.

Aufwärts zwischen uns ist es im Frühling 1970 gegangen, mit einem Schlag. Der Vater ist im Jänner gestorben, und ein paar Wochen darauf hat der Toni endlich den Vertreterjob in Innsbruck gelassen und ist heimgekommen. Er hat zu mir gesagt: Komm, lass uns den Viehbetrieb reduzieren und auf Gäste umstellen!

Einige im Dorf haben das schon gemacht oder sind gerade dabei gewesen. Mir hat die Idee sofort gefallen, und die Baugenehmigung haben wir auch schnell gekriegt. Also haben wir das Haus nach hinten vergrößert und zwei Stockwerke voller Gästezimmer gemacht. Im Herbst 1971 sind dann die ersten Gäste gekommen. Die Bauernschaft haben wir von hundert Stück Vieh auf sechzig reduziert. Ganz aufgeben wollten wir sie nicht, besonders ich nicht. Man hängt ja dran, das ist ein Stück Heimat!

Am Anfang ist natürlich alles sehr einfach gewesen, aber den Leuten hat's gefallen. So viel Luxus hat man sich gar nicht erwartet, es ist mehr die persönliche Betreuung gefragt gewesen. Mit den Leuten reden, mit ihnen Pilze suchen gehen, ihnen den Stall zeigen, Rezepte austauschen, mit ihnen musizieren, das haben die gewollt! Ich habe in meiner Küche das Frühstück und das Abendessen gerichtet und mit dem Servierwagen in den kleinen Speisesaal rübergebracht. Ja, die Kinder haben von Anfang an mithelfen müssen, das wäre gar nicht anders gegangen, Personal hätten wir uns nicht leisten können.

Doch, das Geschäft ist gut gegangen, und mir hat es gefallen, die Arbeit mit den vielen verschiedenen Menschen. Der Toni ist auch so richtig aufgeblüht. Die Zeit ist eigentlich am besten gewesen, meinetwegen hätte es so bleiben können. Aber der Toni ist nicht mehr zu bremsen gewesen. Er hat noch einen Kredit aufgenommen und den Schlepplift oberhalb vom Hof, am Dawislhang, gebaut. Er hat Schikurse, speziell für Kinder, organisiert, das hat's ja zu der Zeit noch kaum gegeben! Die Zimmer haben wir umgebaut und vergrößert, und in jedes ist ein eigenes Bad mit Klosett hineingekommen. Wir sind Sommer wie Winter jedes Jahr ausgebucht gewesen.

Meine Mutter ist 1976 gestorben, im Schlaf. Dass der Toni den alten Gasthof vom Ennemoser gekauft und zu einem Hotel mit Hallenbad und Saunabereich umgebaut hat, das hat sie nicht mehr erlebt. Gott sei Dank hat sie's nicht mehr erlebt, weil gefallen hätte ihr das nicht!

Das ist vor sechs Jahren gewesen, und seitdem ist er

so richtig in seinem Element. Er ist auch im Gemeindeausschuss und noch bei ein paar anderen Sachen dabei gewesen, das hat er gebraucht, immer überall dabei sein und immer auf der Suche nach neuen Geschäften. Er hat sich hoch verschuldet dabei, und ich bin gegen die ganze Geschichte gewesen, mir hätte die Gästepension auf dem Hof gereicht.

Mir ist es maßlos vorgekommen, und Maßlosigkeit ist eine Todsünde! Ich habe mich aus dem Hotelgeschäft rausgehalten, aber die Anna hat er dafür gewinnen können. Sie arbeitet dort und hat mir deswegen nicht mehr viel helfen können. Auf den Alexander hätte ich nicht verzichten können, da auf dem Hof und bei den Gästen, ich habe gewusst, er will weiter in die Schule gehen, aber ich hätte einfach nicht auf ihn verzichten können.

Wie hoch die Schulden sind, bin ich jetzt erst draufgekommen, vor ein paar Tagen, wie die Beamten vom Finanzamt und der Mitterlehner von der Raiffeisen vor der Tür gestanden sind. Von der Hotelpleite habe ich bis jetzt nichts gewusst, der Toni hat über Finanzen, die das Hotel betreffen, nie mit mir geredet. Es sind sehr große Summen abgezweigt worden im letzten halben Jahr, davon habe ich nichts gewusst – und das hat mir die Finanzpolizei nicht geglaubt. Ich habe aber wirklich keine Ahnung, wo das Geld ist!

Wie ich die Zahlen gesehen hab, wäre ich fast in Ohnmacht gefallen! Der Mitterlehner hat mich wie den letzten Dreck behandelt und mir erklärt, dass er meinem Mann schon zweimal im letzten Jahr die Kredite aufgekündigt hat und der Toni aber immer irgendwie die Kurve gekratzt hat, weil er von einem deutschen Partner geredet hat, der einsteigen will. Der Mitterlehner hat gesagt, das kommt davon, wenn die Leute zu hoch hinaus wollen! Jetzt verstehe ich, wieso der Toni so unter Druck gestanden ist in letzter Zeit und wieso er so viel getrunken hat! Das Hotel wird verkauft, und dann werden trotzdem nicht alle Schulden vom Tisch sein.

Den Hof gebe ich nie her! Ruiniert sind wir sowieso, in jeder Hinsicht, nicht nur finanziell.

Therapiegespräch im Jänner 1990

Dr. Z. und Alexander Sommer

Ich habe mir eine Traumwelt aufgebaut. Ich habe ständig vor mich hin geträumt, während der Arbeit und eigentlich immer.

Ich habe von meinem Leben danach geträumt, von meinem Besuch bei meiner Mutter in Neuseeland. Wie wir gemeinsam am Strand spazieren gehen, wie wir gemeinsam kochen, auf Reisen gehen und gemeinsam Figuren töpfern und Bücher schreiben. Ich werde ein berühmter Künstler und treffe eine wunderschöne Frau. Manchmal bin ich kein Künstler gewesen, sondern ein Held, der vielen Menschen das Leben rettet, dann wieder ein berühmter Forscher und Wissenschaftler oder ein reicher Unternehmer. Lauter so Blödsinn eben.

Dann habe ich auch andere Sachen vor mich hin geträumt. Wie es gewesen wäre, wenn sie nicht ausgewandert und ich bei ihr in der Stadt aufgewachsen wäre, den ganzen Tagesablauf habe ich mir mit ihr vorgestellt, als kleiner Volksschulbub. Wie meine Kindheit verlaufen hätte können, das habe ich mir immer wieder vorgestellt, und wie ich dann geworden wäre. Wäre ich anders, als ich jetzt bin? Das habe ich mich so oft gefragt.

Ich habe mir jede Szene so genau vorgestellt, ich habe sie in meinen Gedanken immer wieder durchgespielt. Dass sie mich zur Schule bringt und wieder abholt und dabei jedes Mal umarmt und küsst. Sie macht mit mir die Hausübung, wir spielen miteinander, wir gehen spazieren, wir fahren zusammen mit dem Fahrrad. Später geh ich ins Gymnasium und bin Klassenbester, und wir diskutieren über Bücher und wir gehen ins Theater. Ich bin immer gut angezogen, cool und selbstbewusst, alle mögen mich. Ich lerne ein hübsches Mädchen kennen, und meine Mutter ist zu ihr sehr freundlich. Ich weiß, es ist kindisch.

Ein Vater ist nie in meinen Träumen vorgekommen. Ich weiß nicht, wieso.

Therapiegespräch im Jänner 1990

Dr. B. und Manuela Winter

Der Alex wollte nach der vierten Klasse unbedingt weiter in die Schule gehen. Er ist fast immer der Klassenbeste gewesen. Der Kirchmair hat oft gesagt, dass er eigentlich ins Gymnasium gehört. Der Kirchmair ist unser Klassenvorstand gewesen. Der Alex hätte gern nach der Hauptschule so ein Oberstufenrealgymnasium besucht. Hat oft gebettelt darum, dass ihm das erlaubt wird. Der Kirchmair hat mit der Mutter drüber geredet. Auch ein paar Mal mit dem Vater.

Ohne den Alex wäre ich ein paar Mal sitzen geblieben. Er hat mit mir gelernt, am Abend, im Bett. Er hat mir alles, was wir am Vormittag in der Schule gelernt haben, noch mal erklärt. Die Bücher sind vor uns am Polster gelegen. Mit der Taschenlampe haben wir draufgeleuchtet. Dabei hat er geflüstert. Er hat das nicht wegen mir gemacht. Er hat selber so gern gelernt. Oft bin ich dabei eingeschlafen. Weil's so langweilig gewesen ist. Lieber ist mir gewesen, wenn er mir Geschichten erzählt hat. Das hat er nämlich gut können. Die sind echt spannend gewesen! Oder er hat mir vorgelesen. Den ganzen Tag hat er kaum den Mund aufgemacht. Und am Abend, ohne die Eltern, hat er auf einmal geredet!

Nach der dritten Hauptschulklasse wollte die Mutter nicht mehr, dass ich mit dem Alex in einem Zimmer schlafe. Sie hat gesagt, das ist nicht gesund, weil wir ja nicht richtige Geschwister sind. Gesund! Das Wort habe ich lustig gefunden. Ich habe dann mit der Martina in einem Zimmer schlafen müssen. Die Anna hat ein eigenes bekommen.

Die Eltern haben's ihm aber nicht erlaubt. Dass er weiter in die Schule geht, meine ich. Die Mutter hat unbedingt wen auf dem Hof gebraucht zum Buckeln. Und der Vater hat die Arbeit nicht mehr machen wollen. Er hat ja den großen Hotelbesitzer spielen müssen. Das Scheißhotel – ! Die Mutter ist zu geizig gewesen, dass sie halt wen anstellt dafür. Ja sicher hätten sie sich das leisten können! Deswegen hat der Alex daheim als Knecht arbeiten müssen. Das hat »landwirtschaftlicher Helfer« geheißen. Seitdem ist der Vater kein einziges Mal mehr in den Stall gegangen.

Die Eltern haben dem Alex keinen Tag in der Woche freigegeben. Er hat echt keinen einzigen Tag in der Woche freigekriegt! Mich hat das aufgeregt. Die Eltern haben gesagt: Wie stellst du dir das vor? Das Vieh muss jeden Tag gefüttert und gemolken werden.

Sie haben wollen, dass ich die HBLA besuche wie die Martina. Ich bin aber nicht gern in die Schule gegangen. Ich wollte arbeiten und mein eigenes Geld verdienen. Und nicht daheim wie die Anna oder der Alex! Wo man der Depp ist für alle, rund um die Uhr!

Wo man nicht mal einen ordentlichen Lohn kriegt! Das Trinkgeld muss man abliefern vor lauter Geiz und Neid! Wir sind also zusammen ins Poly gegangen, der Alex und ich.

Ich wollte was mit Autos arbeiten. Habe Gott sei Dank gleich eine Lehrstelle gefunden, im Nachbarort. Mein Chef ist nett und hat sich gefreut, weil sich ein Mädchen um die Stelle bewirbt. Er hat zwei kleine Töchter.

Ich wollte mir gleich ein Zimmer nehmen. Das haben die Eltern nicht erlaubt. Ich muss daheim wohnen, haben sie gesagt. Bis ich neunzehn bin. Und auch mithelfen bei den Gästen am Wochenende. Habe ich eine Scheißwut gehabt!

Gleich wie ich neunzehn geworden bin, bin ich dann ausgezogen. Ja, am selben Tag! In eine kleine Wohnung, zusammen mit der Antonia. Sie ist Kellnerin im Edelweiß. Ich fühl mich seitdem wie im siebten Himmel! Wenn die Mutter am Wochenende anruft, hebe ich gar nicht ab. Ich weiß ja, dass sie nur eine Aushilfe braucht. Beim Zimmerputzen am Samstag, wenn die Gäste abreisen. Wie's mir geht, fragt sie nie. Der Alex hat mich zweimal besucht, da ist ein guter Film im Fernsehen gewesen. Aber ausgehen wollte er nicht mit uns.

Schon bevor ich ausgezogen bin, wollte ich ihn manchmal mitnehmen, wenn ich ausgegangen bin. Aber er wollte nie! Er hat in den letzten zwei, drei Jahren noch weniger geredet als früher. Hat sich stundenlang verkrochen. Wollte immer nur allein sein. Wenn er am Nachmittag ein bisschen Zeit gehabt hat, im Frühling und im Herbst, ist er allein auf die Alm gegangen. Einmal hat uns wer erzählt, dass er auf einem Felsen rumkraxelt. Und das ohne Sicherung.

Mit den Mädchen ist er schüchtern gewesen. Er hat immer dieselbe Hose und denselben Pullover angehabt. Mit den Sachen für den Alex, da haben sie immer gespart! Die Anna hat oft gesagt: Mutter, jetzt kauf dem Alexander endlich was Ordentliches zum Anziehen! Das ist ja peinlich vor den Gästen!

Jetzt tut mir das leid. Dass ich nicht mehr so viel Zeit mit ihm verbracht habe wie früher. Dass ich lieber mit der Antonia ausgegangen bin. Ich habe ihn nämlich echt gern.

Therapiegespräch im Jänner 1990

Dr. B. und Martina Winter

Ich glaube, es war vor drei Jahren, als der Alexander das erste Mal nach seiner leiblichen Mutter gefragt hat. Ich weiß nicht mehr genau, wann es war, auf alle Fälle war er fünfzehn oder sechzehn.

Er hat nie vorher gefragt, und es ist auch nie darüber geredet worden. Wir haben nur gewusst, dass sie ihn aus einem Kinderheim abgeholt haben. Warum er dort war, ob seine Eltern gestorben sind oder ihn einfach nicht haben wollten, das haben wir nicht gewusst. Am Anfang haben ich und die Anna einmal danach gefragt, weil uns das natürlich interessiert hat, aber der Vater hat nur gesagt: Wir wissen selber nichts Genaues, und es ist auch nicht wichtig, der Alexander gehört jetzt zu uns, und fertig!

Das verstehe ich bis heute nicht! Warum sie so wenig geredet haben mit uns! Über nichts haben wir geredet! Über nichts! Nicht über unsere Ängste oder Wünsche oder über unsere Zukunft oder darüber, wie wir uns unser Leben vorstellen. Die Mutter hat mit uns über den Glauben gesprochen, wie wir klein waren, und später über die Gäste: Das ist aber eine nette Familie, so gut erzogene Kinder, und sogar in die Messe gehen sie! Oder: Der ist ein Tunichtgut, und sie ist ein Lapp und die Kinder so was von frech!

Bei Tisch haben wir still sein müssen, mucksmäuschenstill, sonst hat man in sein Zimmer gehen müssen, weil da haben sie übers Geschäft geredet, das heißt, meistens hat der Vater darüber geredet.

Was ist da dabei, wenn ich sage: Die leibliche Mutter vom Alexander ist mit der Situation nicht zurechtgekommen und ist ausgewandert, und wer der leibliche Vater ist, wissen wir nicht, in der Geburtsurkunde steht »unbekannt«. Das wissen wir vom Jugendamt. Was ist da dabei? Wir haben natürlich alle gedacht, dass die Eltern gestorben sind, auch der Alexander. Ja, wir, die Anna und ich, haben ihm, wie er ganz klein war, sogar Geschichten erzählt über den Autounfall seiner Mutter, die haben wir uns ausgedacht.

Na, und auf einmal fragt er leise beim Mittagessen: Warum habt ihr mir nie gesagt, dass meine richtige Mutter eigentlich noch leben könnte und dass sie ausgewandert ist?

Zuerst haben die Eltern sich nur angeschaut, und der Vater hat die Mutter gefragt, ob sie ihm das erzählt hat. Der Alexander hat gesagt: Ich habe den Zeitungsartikel gefunden.

Die Mutter hat ruhig gesagt: Alexander, das macht doch keinen Unterschied! Du gehörst doch zu uns! Darauf hat der Alexander laut gelacht, fast ein bisschen hysterisch, und er hat gesagt: Ja, und deswegen gibt es immer noch den Sommer beim Winter! Die Mutter hat gefragt, ob er möchte, dass sie ihn adoptieren. Darauf hat er gesagt: Nein, jetzt will ich es nicht mehr. Ich werde meine richtige Mutter suchen. Und ich will jetzt von euch wissen, welches Kinderheim das gewesen ist, da muss ich nämlich hin.

Da ist der Vater narrisch geworden, und wie! Er hat geschrien, dass der Alexander ein undankbarer Fratz ist und dass er sich das aus dem Kopf schlagen soll! Seine Mutter hat ihn als kleines Kind zurückgelassen, so ein Luder braucht er doch nicht suchen! Was er von der denn will?

Ich will sie kennenlernen, hat der Alexander gesagt und ist gegangen.

Therapiegespräch im Jänner 1990

Dr. Z. und Alexander Sommer

Bis ich das erste Mal in die Wohnung meiner richtigen Mutter gekommen bin, hat das eine Weile gedauert. Aber nicht, weil es so schwierig gewesen ist, die Adresse zu finden, sondern weil ich von daheim nicht weggekommen bin. Wenn ich gesagt habe, ich möchte nach Innsbruck fahren, hat das eine Menge Fragen gegeben, und dann haben sie mich nicht lassen, es hat immer so viel Arbeit gegeben. Die Mutter hat gefragt: Was willst du in Innsbruck? Brauchst du was Bestimmtes?

Dann habe ich einmal gesagt, ich muss der Martina was bringen, sie hat Bücher daheim vergessen, die sie unbedingt braucht, und außerdem hat sie mich eingeladen, dass ich sie besuche. Eine Nacht werde ich bei ihr schlafen, und die Manu wird für mich in den Stall gehen. Für die Eltern ist das in Ordnung gewesen, Hauptsache, jemand anderer geht in den Stall. Die Manu hat mir auch danach immer geholfen, wenn ich weg wollte.

Ich habe den Bus um halb sieben in der Früh genommen. Wie ich dann das erste Mal im Postbus gesessen und in die Stadt gefahren bin, habe ich mich so frei gefühlt! Das ist jetzt eineinhalb Jahre her. Ich habe die

Gegend vorbeiziehen sehen und habe mir vorgestellt, dass ich durch Neuseeland fahre, zu meiner Mutter. Dann habe ich mir vorgestellt, dass ich durch Thailand fahre und durch andere Länder, dass ich auf Reisen bin und viel sehe und Menschen kennenlerne. Am liebsten wäre ich stundenlang so weitergefahren.

Ich bin zum zweiten Mal in Innsbruck gewesen. Beim ersten Mal habe ich mit der Anna mitfahren dürfen, wie sie die Martina ins Studentenheim gebracht hat, mit ihren ganzen Sachen, und die Manu hat auch mitfahren dürfen. Da haben die Manu und ich das erste Mal das Goldene Dachl gesehen und die Altstadt und den Inn, mir hat Innsbruck sofort gut gefallen. Ich habe mir gedacht, hier könnte ich schon leben. Damals haben wir uns auch einen Stadtplan gekauft.

Ich bin also durch die Straßen marschiert und habe mir alles angeschaut, weil ich auf den Bus nach Axams warten habe müssen. Es ist im Juni gewesen. Die ganze Zeit ist da so ein Freiheitsgefühl in mir gewesen, und glücklich habe ich mich gefühlt, ich weiß auch nicht wieso, es hat mir so gut gefallen, dass es viele Häuser und viele Menschen gibt und dass niemand weiß, wer ich bin. Ja, richtig, die Anonymität hat mir gefallen.

Aber mit der Zeit ist mir aufgefallen, dass mich die Leute so komisch anschauen, oder ich habe mir eingebildet, dass mich die Leute so komisch anschauen. Ich habe an mir runtergeschaut und gesehen, dass ich eine viel zu kurze Hose anhabe. Ich bin mir plötzlich seltsam vorgekommen, wie ein Außerirdischer, der hier nichts verloren hat. Alles ist mir so – so unwirklich vorgekommen.

Ich habe mich in ein Café gesetzt und ein Cola bestellt, und vor lauter Nervössein habe ich das Glas umgeschmissen. Meine Hose ist klatschnass gewesen, und da sind Mädchen am Nebentisch gesessen, die haben so gelacht. Ich wäre am liebsten in den Erdboden versunken.

Mit dem Bus bin ich nach Axams gefahren und habe das Landeskinderheim auch gleich gefunden. Die Mutter hat mir die Adresse verraten, ohne dass es der Vater wissen hat dürfen. Ich wollte die Wohnadresse meiner Mutter rausfinden, ich habe gedacht, dort, wo sie gewohnt hat, gibt es vielleicht noch Sachen von ihr, die mir einen Hinweis geben, wohin sie ausgewandert ist. Ich habe an ein Tagebuch oder an Prospekte gedacht, ja, so leicht habe ich mir das vorgestellt.

Ich habe mich überwinden müssen, da hineinzugehen und zu sagen, wer ich bin und was ich will. Fast wäre ich umgekehrt und zurück nach Innsbruck gefahren und zur Martina ins Studentenheim gegangen. Eine Frau ist im Büro gesessen und hat mich nach meinem Namen gefragt und was ich will.

Wie ich ganz schnell gesagt habe, ich will nur die Innsbrucker Wohnadresse von meiner richtigen Mutter Paulina Sommer wissen, die im Mai 1973 verschwunden ist, hat sie sich eine Zigarette angezündet und mich eine

Weile angeschaut. Ich erinnere mich an dich, hat sie gesagt, habe ein paar Wochen, bevor du eingetroffen bist, mein Praktikum hier angefangen, bist so ein kleiner Stöpsel gewesen, der nur geweint hat. Du bist zu Pflegeeltern auf einen großen Bauernhof in Sölden gekommen, nicht wahr?

Sie ist stolz auf ihr gutes Gedächtnis gewesen, und ich bin froh gewesen, dass sie es gehabt hat. Zuerst hat sie gesagt, dass sie mir keine Auskunft geben darf ohne die Erlaubnis des Jugendamts, aber dann hat sie gesagt: Was soll's? Viel kann ich dir sowieso nicht sagen. Im Nebenraum hat sie die Kartei ausgegraben und mir ein paar Dinge gesagt.

Ich habe erfahren, dass Paulina, ich meine, meine Mutter, am 15. Mai 1950 in Steinach am Brenner geboren wurde, dass sie ihre Eltern früh verloren hat und eine Zeit lang in Italien gelebt hat. In Innsbruck hat sie als Zimmermädchen in einem Hotel gearbeitet und am Fürstenweg gewohnt, in einem einzigen großen Raum, über einer Autowerkstatt ist der gewesen. Die Frau hat mir die Adresse aufgeschrieben. Das weiß ich so genau, hat sie gesagt, weil sie mich geschickt haben, ein paar Sachen von dir zu holen.

Mehr hat sie von meiner Mutter nicht gewusst. Aber sie hat nicht mehr aufgehört mich vollzuqualmen und mich auszufragen, nach meinem Leben, was ich so mache, nach meinen Pflegeeltern, wie es ihnen geht und so weiter. Ich habe dann einfach gesagt, dass ich mit meiner Schwester etwas ausgemacht habe und dass ich gehen muss.

Beim Verabschieden ist ihr dann noch was eingefallen, und sie hat gesagt: Geh doch zur Sicherheitsdirektion und frag nach dem Polizisten, wie hat der noch mal geheißen, ach ja, Angermair, von der Fahndung ist der gewesen, der hat dich hier manchmal besucht. Der kann dir sicher mehr über deine Mutter erzählen.

Im Bus runter nach Innsbruck habe ich überlegt, ob ich nicht gleich zur Sicherheitsdirektion gehe und nach dem Polizisten frage, weil ein Mensch mir sicher mehr sagen kann als eine Wohnung. Aber ich habe gewusst, dass ich mich sowieso nicht reingehen traue.

Ich bin also bis zum Fürstenweg gegangen, immer mit dem Stadtplan in der Hand, und habe das Haus gesucht. Ich habe gedacht, wenn ich vor dem Haus stehe, werde ich mich sicher dran erinnern, ich habe ja meine ersten Jahre drin verbracht. Aber das ist dann nicht der Fall gewesen, ich habe mich an das Haus nicht erinnert.

Es ist so ein vergammeltes Einfamilienhaus gewesen, das ist nicht direkt an der Straße gestanden, sondern da ist zuerst ein großer Hof gewesen, voll mit lauter Gerümpel, und dahinter ist das Haus gewesen. Ich habe durch das offene Tor hineingeschaut und habe gesehen, dass im Erdgeschoß irgendeine Werkstatt oder ein Geschäft sein muss. Ich habe mich nicht in das Haus hineingetraut, nicht mal in den Hof. Ich habe es nur angeschaut, ziemlich lang, und dann bin ich zu Fuß zum Tirolerheim gegangen.

Die Martina hat mich ganz entgeistert angeschaut und gefragt: Was machst du denn da? Heute am Abend ist ein Heimfestl, da kann ich dich gar nicht brauchen.

Therapiegespräch im Jänner 1990

Dr. Z. und Alexander Sommer

Am nächsten Tag ist zu Mittag der Bus gefahren, und in der Früh beim Aufwachen habe ich gewusst, ich muss noch mal hin zu dem Haus, ich muss in der Werkstatt fragen, ob ich hinauf darf in die Wohnung. Vielleicht ist der Nachmieter der Wohnung nett, und ich darf kurz rein und sie mir anschauen. Denn, wenn ich mich heute nicht traue, kommt ganz lang keine Gelegenheit mehr, da bin ich mir sicher gewesen.

Ich bin aus dem Zimmer geschlichen, weil die Martina noch geschlafen hat, und um neun bin ich vor der Werkstatt gestanden, es ist eine ganz kleine gewesen, und das Tor ist offen gestanden. Ein Mann hat an einem Auto gearbeitet, und ich bin zu ihm gegangen und habe rumgestottert, dass meine Mutter früher einmal in der Wohnung da oben gewohnt hat und ich sie mir gern anschauen würde. Der Mann hat sofort zu arbeiten aufgehört und hat nett mit mir geredet. Er hat mich gefragt, wie ich heiße und wann das gewesen ist, und ich habe es ihm gesagt. Er hat mich eine Weile so angeschaut und gesagt: Das Haus und die Werkstatt haben früher meinem Onkel gehört, und er hat mir davon erzählt. Geh nur ruhig rauf, da wohnt schon lange keiner mehr, ist alles ziemlich verwahrlost.

Ich bin also die Stiege raufgegangen und bin dabei so aufgeregt gewesen. Oben habe ich gesehen, dass die Tür nur angelehnt und das Schloss kaputt ist. Ich habe die Tür ganz vorsichtig und leise aufgemacht und dann – dann habe ich den Raum vor mir gesehen. Eigentlich ist es keine richtige Wohnung, sondern ein ausgebauter Dachboden, ein einziger großer Raum mit der Dachschräge und vier kleinen Fenstern drin und den vielen Holzbalken in der Schräge. Ich bin hineingegangen und hin und her spaziert. Mir hat der Raum sofort gefallen, und ich habe auch was gespürt. Der Raum ist mir so bekannt und vertraut vorgekommen, ich habe zum Beispiel sofort gewusst, wo mein Bett gestanden ist, gleich wie ich hereingekommen bin.

Alles ist total verstaubt und dreckig gewesen, und viele alte Zeitungen sind rumgelegen, aber trotzdem – ist da irgendetwas gewesen. Das Licht ist durch die Fenster reingefallen und hat auf den Boden vier helle Rechtecke geworfen, über denen hat man den Staub fliegen sehen. Der ganze Boden ist mit alten, zerrissenen Teppichen belegt gewesen, und nur mehr ein alter kaputter Schaukelstuhl ist da gestanden, sonst nichts, kein Karton mit Tagebüchern oder Briefen oder Fotos oder Prospekten von Neuseeland. Aber das ist mir gar nicht aufgefallen, ich habe einfach nur den Raum so schön gefunden.

Ich wollte gar nicht mehr gehen, ich bin fast eine halbe Stunde lang auf dem dreckigen Boden gelegen und habe durch das Fenster in den Himmel geschaut und die Vögel fliegen sehen. Ich bin dann aufgesprungen, weil ich sonst meinen Bus versäumt hätte.

Vom Mann in der Werkstatt habe ich mich verabschiedet, und er hat gesagt, dass ich jederzeit wiederkommen darf. Wie ich durch den Hof zur Straße gegangen bin, habe ich einen alten Mann auf einem Stuhl sitzen gesehen, der hat so einen schwarzen Mantel angehabt, wie ein Kapitänsmantel hat der ausgeschaut, weil er goldene Knöpfe gehabt hat. Er hat grindig ausgeschaut und ist nur in der Sonne gesessen und hat nichts gemacht. Ich bin an ihm vorbeigegangen, und auf einmal hat er mich angeschnauzt: Du bist also der Sohn von der Sommer, ha?

Ich bin erschrocken und habe gesagt, ja, der bin ich. Er hat mich angestarrt und zum Lachen angefangen, er hat ganz lang und laut gelacht, das hat geklungen, als wäre er ein Verrückter. Da habe ich's schon bereut, dass ich nicht einfach an ihm vorbei zur Straße raus bin. Er hat gesagt, ja, fast geschrien hat er: An die Sommer, an die erinnere ich mich gut! Von der der Bub bist du? Suchst sie, ha? Die ist ja abgehauen damals, die Hur! Mit jedem hat's die getrieben, mit jedem! Und jetzt schau, dass du verschwindest, und lass dich nie wieder blicken!

Ich bin ganz schnell auf die Straße gelaufen, und

die Sonne hat mich geblendet. Mir ist so schlecht gewesen, so furchtbar schlecht, und ich hätte fast den Busbahnhof nicht gefunden. Dann im Bus habe ich nur vor mich hin geflennt und aufgepasst, dass es niemand merkt, und ich bin total fertig gewesen.

Über mich habe ich nur lachen können, weil ich sie mir jahrelang als die zarte Künstlerin vorgestellt hab. Und ich habe tagelang an nichts anderes denken können als an den Satz: Mit jedem hat's die getrieben, mit jedem.

Therapiegespräch im Jänner 1990

Dr. Z. und Alexander Sommer

Ein Jahr lang habe ich gebraucht, dass ich das verdaut habe! Ein Jahr lang habe ich mich gezwungen, dass ich nicht an meine Mutter denke, weil wenn ich an sie gedacht habe, habe ich sie mir mit Männern vorgestellt, und das habe ich fast nicht ausgehalten.

Ich habe mir gesagt, dass es mir ja gut geht, dass ich eine Familie habe, und vor allem habe ich drauf gewartet, dass ich neunzehn werde und in die Stadt ziehen kann. Ich habe mich so drauf gefreut und Pläne geschmiedet und von meiner Freiheit habe ich geträumt. Im Gastgewerbe wollte ich auf keinen Fall arbeiten.

Aber ganz hat's mich doch nicht losgelassen, und ich habe dann gewusst, ich muss sie finden, egal, was jemand über sie sagt! Ich muss sie wenigstens einmal in meinem Leben sehen und aus ihrem Mund hören, wieso sie gegangen ist und mich zurückgelassen hat, ich muss ihre Gründe kennen! Es ist wie ein Zwang geworden in mir.

Ich bin also wieder nach Innsbruck gefahren, genau ein Jahr drauf. Mit dem Polizisten Angermair, von dem die Frau in Axams erzählt hat, wollte ich reden. Die Sicherheitsdirektion in der Kaiserjägerstraße habe ich bald gefunden, aber dann habe ich mich nicht hineingetraut. Eine halbe Stunde lang bin ich beim Eingang so rumgestanden, bis ein junger Polizist rausgekommen ist und mich gefragt hat, ob ich was brauche.

Da habe ich gesagt, dass ich den Herrn Angermair von der Fahndung suche, weil ich mit ihm reden muss. Er hat gesagt, dass der Herr Angermair schon in Pension gegangen ist, und worum's denn geht. Ich habe rumgestottert, dass ich mit ihm über meine Mutter reden will, die im Mai 1973 verschwunden ist. Er hat mich so komisch angeschaut und nach meinem Namen und dem Namen meiner Mutter gefragt.

Ich telefoniere mal mit ihm und komme gleich wieder, hat er gesagt und ist verschwunden. Mir ist vorgekommen, dass er eine Ewigkeit weg ist. Aber wie er wiedergekommen ist, ist er recht freundlich gewesen, und er hat gesagt: Na komm, ich bringe dich hin, er freut sich auf dich. Ich weiß noch, dass ich total erstaunt gewesen bin, weil jemand, den ich nicht kenne, so freundlich zu mir war.

Der Polizist hat mich dann in einem Streifenwagen zum Haus vom Herrn Angermair gebracht. Er hat Späße gemacht und mich gefragt, ob er das Blaulicht einschalten soll, aber ich habe nein gesagt, das wäre mir peinlich gewesen.

Eine halbe Stunde später bin ich mit dem Angermair und seiner Frau beim Mittagessen gesessen. Es hat Kaiserschmarrn mit Apfelmus gegeben, und es ist der beste Kaiserschmarrn gewesen, den ich je gegessen habe. Wir sind zu dritt in der winzigen Küche gesessen und haben miteinander gegessen, und sie haben mit mir so nett geredet, als wäre ich ihr Enkel oder Neffe. Es ist wirklich gemütlich gewesen, und ich habe mich wohlgefühlt, die Küche ist alt gewesen, aber so sauber, und das Radio ist leise gelaufen, Ö1 war's, glaube ich, zumindest ist es klassische Musik gewesen, das war echt schön. Es hat mir so gut gefallen, weil die zwei so – so liebevoll miteinander geredet haben, der Angermair hat seine Frau von hinten umarmt und zu ihr gesagt: Danke für den guten Schmarrn, mein Schatz. So was war ich gar nicht gewohnt.

Nachher sind der Angermair und ich allein im Wohnzimmer gesessen, und er hat mit mir über meine Mutter geredet. Vor sich hat er den Akt liegen gehabt, er hat gesagt, den hat er sich damals kopiert und mit heimgenommen und jetzt wieder im Keller ausgegraben.

Zuerst habe ich ihm ein bisschen von mir erzählt, auch dass ich vor einem Jahr in der Wohnung meiner Mutter gewesen bin und was der alte Mann zu mir gesagt hat. Ich habe den Angermair gefragt, ob meine Mutter wirklich eine Prostituierte gewesen ist.

Da hat er gelacht und gesagt: Das muss der Berger gewesen sein, der Besitzer von der Werkstatt. An den erinnere ich mich noch gut, der ist einfach verrückt, und vor allem trinkt er zu viel! Der hat ihr damals die Wohnung vermietet, und deine Mutter hat ihm gefallen, aber sie hat ihn mehrmals zurückgewiesen, da ist er sauer gewesen. Dem brauchst du nichts zu glauben, Alexander, deine Mutter ist ganz sicher keine Prostituierte gewesen und hat es auch nicht mit jedem getrieben. Und dann hat er gesagt: Sie ist einfach nur ein unglückliches Mädchen gewesen und ist ganz allein dagestanden.

Er hat gesagt, dass er den Fall besonders gut im Kopf hat, weil es ihn damals so berührt hat, wie er mich, den Buben, gefunden hat. Wie war das?, habe ich ihn gefragt, aber er wollte das dann gar nicht erzählen, er wollte ablenken. Ich habe ihn noch mal gefragt, wie er mich denn gefunden hat, und dann hat er es mir doch erzählt.

Der Berger hat bei der Polizei angerufen, weil der Bub, das bin ich gewesen, den ganzen Tag so geschrien hat und ihn der Lärm beim Arbeiten in der Werkstatt nervös gemacht hat, aber die Tür zur Wohnung ist abgesperrt gewesen, und niemand hat auf das Klopfen reagiert. Das ist ihm dann doch komisch vorgekommen. Die ist sicher abgehauen, davon hat sie immer geredet!, hat der Berger am Telefon gesagt. Er, der Angermair, ist dann hingefahren. Der Berger hat ihm geholfen, die Tür aufzubrechen, und sie haben mich auf dem Boden sitzend gefunden.

Es ist eigenartig gewesen, wie er es mir erzählt hat, weil er nie gesagt hat »du« oder »dich«, sondern immer nur von »dem Buben« oder von »dem Kind« geredet hat. Vielleicht, oder ich bin mir eigentlich sicher, wollte er nicht, dass es mir zu nahegeht oder dass es mir schlecht geht nachher.

Er hat gesagt: Der Bub ist da auf dem Boden, in der Mitte vom Raum gesessen und war von oben bis unten angeschissen und ganz ausgekühlt, und geschrien hat er wie am Spieß. Wie ich ihn hochgehoben hab, hat er die Arme ganz fest um meinen Hals gelegt, nicht mal im Krankenhaus wollte er sie runtertun.

Auf dem Tisch ist ein Zettel gelegen, und auf dem ist gestanden: Es tut mir leid. Ich kann nicht anders.

Therapiegespräch im Jänner 1990

Dr. B. und Martina Winter

Ob ich glaube, dass alles im Leben einen Sinn hat? Und was es eventuell für einen Sinn hatte, dass der Alexander in unsere Familie gekommen ist?

Da fällt mir die Anna ein, die vor ein paar Jahren, da war sie fünfzehn oder sechzehn, zu mir gesagt hat, dass sie froh war, wie damals der Alexander zu uns gekommen ist und dann da war, weil vorher hat sie als Älteste viel abbekommen. Und – eigentlich hatte sie recht.

Wie sie das gemeint hat? Nein, sie haben ihn nicht geschlagen, das meine ich nicht! Na ja, ab und zu hat es schon eine Watschen gegeben. Sie hat damit gemeint, dass er die lästigen Arbeiten machen hat müssen, die sonst niemand machen wollte. Oder die grantigen Bemerkungen oder das ständige Gekeife oder das Dahingeschimpfe, das meiste davon hat er einstecken müssen – und vorher eben sie. Ihren Frust haben sie doch mehr an ihm als an uns ausgelassen, so würde ich das bezeichnen.

Einmal hat die Anna aus einem Gästezimmer Geld mitgehen lassen, da war sie achtzehn, da hat sie gerade den Matthias kennengelernt, und sie wollte sich schöne Unterwäsche und einen Minirock kaufen. Sie hat gewusst, sie würden nur den Alexander verdächtigen, und es war richtig traurig, wie einfach die Eltern ticken, denn sie haben wirklich nur ihn verdächtigt. Als ich die Unterwäsche und den Rock gesehen habe, da habe ich die Anna auf den Diebstahl angeredet, da hat sie es zugegeben, und ich habe ihr schwören müssen, dass ich es niemandem verrate.

Der Alexander hatte eine Funktion in unserer Familie, ganz klar. Ich meine das nicht zynisch, sondern ernst. Er hat viel abgefangen. Irgendwie war er immer so ein Puffer zwischen uns und den Eltern. Wir haben sie wegen ihm mehr lieben können, als wir das ohne ihn hätten können.

Therapiegespräch im Februar 1990

Dr. Z. und Alexander Sommer

Ja, der Angermair hat mir einiges über meine Mutter erzählt, und ich habe daheim sofort alles aufgeschrieben, schon im Bus habe ich damit angefangen.

Ich habe alles aufgeschrieben, weil ich einfach wollte, dass ich nichts vergesse, und ich habe das Gefühl gehabt, dass sie mir näher ist, wenn ich alles aufschreibe, dass sie irgendwie so für mich lebendiger wird. Ich habe dann wochenlang die Zettel mit mir rumgetragen und habe es auswendig gekonnt. Ja, ich kann es immer noch auswendig. – Doch, ich möchte über sie erzählen.

Paulina hat keine Familie in Innsbruck gehabt und keine Verwandten, nur ein paar Bekannte, und das sind die Arbeitskollegen gewesen im Hotel Europa, wo sie als Zimmermädchen gearbeitet hat. Das sind auch die Einzigen gewesen, die zu ihrem Verschwinden vernommen worden sind. Alle haben gesagt, dass sie oft vom Auswandern geredet hat. Sie hat nach Kalifornien wollen, wo ein alter Freund ihrer Mutter gelebt hat, der hat sie eingeladen.

Paulina ist im Mai 1950 in Steinach am Brenner geboren worden. Ihr Vater, der hat Paul geheißen, der ist ursprünglich aus dem Burgenland gewesen und wegen der Arbeit nach Tirol gekommen. Er ist nämlich Straßenbauarbeiter gewesen, er hat beim Bau der Europabrücke mitgearbeitet und ist dabei tödlich verunglückt, da ist meine Mutter neun gewesen. Ihre Mutter hat Alessandra geheißen, sie ist aus Süditalien gekommen, aus Bari. Sie war sieben Jahre älter als ihr Mann, sie ist bei der Hochzeit schon über vierzig gewesen. Wie sie jung gewesen ist, ist Alessandra als Sängerin aufgetreten, meistens für die Soldaten, sie hat eine sehr gute Stimme gehabt, die hat meine Mutter dann von ihr geerbt. Paul und Alessandra haben sich bei einem Urlaub kennengelernt und sich verliebt. Obwohl sie nicht damit gerechnet haben, weil sie schon älter gewesen sind, haben sie ein Jahr später eine Tochter bekommen und haben sie Paulina genannt, nach ihrem Vater.

Alessandra ist nicht glücklich gewesen in Steinach. Die langen Winter haben ihr zu schaffen gemacht, und viele haben sie richtig angefeindet, weil sie Italienerin war, ja, genau, wegen der Südtirolsache. Ein paar Jahre nachdem der Mann gestorben ist, ist sie deswegen mit Paulina zurück nach Bari gegangen, und wie sie mit sechzig gestorben ist, ist Paulina nach Tirol zurückgekommen. Da ist sie gerade achtzehn gewesen. Sie hat nur ein paar Lire gehabt, eine kleine Reisetasche und einen Brief vom Chef im Hotel Europa, dass sie als Zimmermädchen anfangen kann. Sie hat also im Hotel Europa als Zimmermädchen angefangen, gewohnt hat sie mit drei anderen Mädchen in einem winzigen Personalzimmer.

Der Angermair hat eine Beschreibung von meiner Mutter vorgelesen, die hat damals ihr Chef gemacht. Ich kann sie immer noch auswendig: »Sie hat sehr gut ausgesehen, und die Männer haben ihr nachgeschaut, sie war mittelgroß, schlank, aber nicht mager, sie hat schöne Kurven gehabt, dicke schwarze Haare, symmetrisches Gesicht. Die Arbeitskolleginnen waren alle neidisch auf sie und haben sie nicht besonders mögen.« So hat ihr Chef sie beschrieben.

Paulina hat sehr gut italienische Schlager singen können, weil ihre Mutter viel mit ihr gesungen hat. Und weil der Chef sie einmal gehört hat, hat sie die Gelegenheit bekommen, am Samstagabend in der Hotelbar zu singen. Der Abend ist aber dann ein Reinfall gewesen. Weil Paulina nur italienisch gesungen hat, ist sie von den Gästen ausgepfiffen und als »Walsche« beschimpft worden, die sich heimschleichen soll. Paulina hat stundenlang geweint. Der Chef hat ihr später nahegelegt, dass sie deutsche und eventuell auch französische Schlager lernen soll.

Kurze Zeit darauf wollte Paulina unbedingt ein eigenes Zimmer mieten, weil sie sich mit den Kolleginnen nur gestritten hat, und irgendjemand aus der Küche hat ihr von dem ausgebauten Dachboden über der Werkstatt am Fürstenweg erzählt. Sie ist so begeistert gewesen von dem großen Raum, sie hat ihn originell gefunden, obwohl keine richtige Heizung drinnen gewesen ist und sie elektrisch heizen hat müssen. Sie ist sofort eingezogen und hat es sich gemütlich eingerichtet. Dort in dem Haus hat sie ihre Ruhe gehabt, nur am Tag hat der Vermieter in der Werkstatt gearbeitet, der ist ihr ab und zu auf die Nerven gegangen, sonst ist sie dort ganz allein gewesen, das hat ihr so gefallen.

Kurze Zeit später muss sie ihren Freund kennengelernt haben, aber nie hat ihn jemand zu Gesicht bekommen, und Paulina hat kaum über ihn geredet, das ist eine ganz heimliche Beziehung gewesen. Es war irgend so ein reicher Unternehmer aus Deutschland, und mit Vornamen hat er Thomas geheißen, mehr haben die Arbeitskollegen nicht gewusst. Die Polizei hat ihn nach ihrem Verschwinden nicht gefunden, und er hat sich auch nicht gemeldet. Der Angermair hat gesagt, das weiß ich noch genau: Er ist der große Mysteriöse in dem Fall gewesen.

Und überhaupt ist ihm die ganze Sache doch ein bisschen eigenartig vorgekommen. Immer wieder sind welche ausgewandert, einfach abgehauen, von einem Tag auf den anderen. Meistens sind es Männer gewesen, die ihre Familien im Stich gelassen haben, weil sie mit der Situation nicht mehr fertig geworden sind, viele von ihnen haben auch eine Menge Schulden gehabt. Aber irgendwas hat da nicht gestimmt, hat der Angermair zu mir gesagt. Die Kollegen haben ihn schon ausgelacht, weil er sich so reingesteigert hat, wie der Fall abgeschlossen worden ist.

Aber die Frau Kofler, die auf mich aufgepasst hat, wie Paulina wieder arbeiten hat müssen, hat ihm damals erzählt, dass sie wie eine italienische Mamma gewesen ist und dass der Bub ihr Ein und Alles war. Und deswegen ist ihm das Ganze so komisch vorgekommen.

Er hat mir zum Schluss ein Foto gegeben, das ist im Akt gewesen, und die Polizei hat es von der Frau Kofler bekommen. Da sitzt Paulina auf einem Sofa und hat mich auf dem Schoß, und beide lachen wir in die Kamera.

Therapiegespräch im Februar 1990

Dr. Z. und Alexander Sommer

Ich bin nach drei Monaten wieder nach Innsbruck gefahren und zur Wohnung gegangen, bin aber nicht lang geblieben. Gott sei Dank ist der alte Berger nicht da gewesen, sondern nur sein Neffe, und der hat sich gleich an mich erinnert. Er ist mit einer Bierflasche dagestanden und hat mit mir gequatscht. Er hat mich gefragt, wie das ist, wenn die eigene Mutter abhaut und man bei fremden Leuten aufwachsen muss. Ich habe nichts gesagt, was hätte ich sagen können? Dass es nicht schön ist?

Ich habe nur mit den Schultern gezuckt, und auf einmal sind ihm Tränen runtergeronnen, und er hat gesagt, dass ihn seine Frau wegen einem anderen verlassen hat und die zwei Kinder mitgenommen hat. Sie wohnt jetzt weit weg, und er sieht seine Kinder praktisch nie. Ich habe gar nicht gewusst, was ich sagen soll.

Danach habe ich den Angermair besucht, und übernachtet habe ich bei der Martina. Der Angermair und seine Frau haben sich gefreut, dass ich gekommen bin. Sie haben mich zum Essen eingeladen und gefragt, ob ich bei ihnen übernachten will. Mit dem Angermair habe ich sehr viel über meine Mutter gesprochen. Ich habe das einfach gebraucht, ich bin so gierig drauf gewesen, dass ich mehr über sie erfahre.

Ich habe ihn zum Beispiel gefragt, wieso die Polizei nicht im Ausland nach ihr gesucht hat, und da hat er gesagt: Weißt du, Paulina hat keine Familie gehabt, die dahinter gewesen ist, dass sie gesucht wird. Und außerdem, wieso hätte die Polizei sie suchen sollen? Alles hat darauf hingedeutet, dass sie ausgewandert ist. Und dass sie das ohne ihr Kind tut, da ist sie ja nicht die Erste gewesen, die so was macht, nur hat's in deinem Fall halt keine Verwandten gegeben, die das Kind nehmen. Der Fall ist schon nach ein paar Wochen abgeschlossen gewesen, das ist die Order von oben gewesen.

Der Angermair hat mir ein paar Sachen vom Akt vorgelesen, Sachen, die von den Arbeitskollegen oder von der Tagesmutter ausgesagt worden sind. Meine Mutter hat ein Jahr nach der Geburt wieder anfangen müssen zu arbeiten, das ist damals so gewesen. Ich bin dann immer bei der Frau Kofler gewesen, sie ist eine frühere Arbeitskollegin gewesen, die jetzt selber ein kleines Kind gehabt hat.

Paulina hat eigentlich nie über ihren Freund geredet, nur einmal hat sie erwähnt, dass es ihr finanziell gut geht, weil er ihr genug Geld gibt jeden Monat, dafür hat er verlangt, dass in der Geburtsurkunde sein Name nicht aufscheint. Viel hat sie nicht geredet, die Frau Kofler beschreibt sie als unglücklich, scheu und eigenbrötlerisch und sehr auf den Buben bezogen.

Arbeitskollegen haben ausgesagt, dass sie manchmal in Restaurants und Bars angefragt hat, ob sie nicht eine Sängerin für bestimmte Abende brauchen, aber sie ist überall abgelehnt worden.

Dann hat mir der Angermair auch von James Meyer erzählt.

Weil Paulina gewusst hat, dass ihr Freund nicht zu ihr zurückkommt, wollte sie von Innsbruck weg und auswandern, und zwar nach San Diego in Kalifornien, weil da ein ehemaliger Freund ihrer Mutter gelebt hat, mit dem sie immer noch in Briefkontakt gestanden ist, und der hat sie zu sich eingeladen. Er hat geglaubt, er kann so eine alte Schuld wiedergutmachen.

Er ist ein einsamer Mann gewesen und wollte Paulina wirklich helfen, und sie hat sich auf ihr neues Leben im warmen Kalifornien gefreut und ihre ganze Hoffnung auf den alten Mann gesetzt. Einmal hat sie zu einer Kollegin aus der Küche gesagt: Er wird mir wie ein Papa sein und meinem Buben wie ein Opa.

James Meyer ist Soldat gewesen im Krieg und hat Alessandra als junge Sängerin in Bozen kennengelernt. Obwohl er in Kalifornien verheiratet gewesen ist, haben die beiden eine Beziehung gehabt, und Alessandra hat gehofft, er wird sie mitnehmen nach San Diego. Er ist dann nach dem Krieg abgereist, ohne sich zu verabschieden, und viele Jahre später hat er ihr einen Brief geschrieben, da ist er Witwer gewesen, aber da war Alessandra schon verheiratet und hat in Steinach gelebt. Sie haben sich aber trotzdem hin und wieder geschrieben. Und später hat ihm Paulina geschrieben.

Die Polizei in San Diego ist natürlich verständigt worden, aber bei James Meyer ist sie nicht aufgetaucht, auch einige Monate später nicht, da hat ihm der Angermair noch mal geschrieben. Die Polizei hat angenommen, dass es sich Paulina doch anders überlegt hat und woanders hingezogen ist, vielleicht nicht in die USA, sondern in ein anderes Land. Sie hätte überall sein können.

Und deshalb ist der Fall abgeschlossen worden, und für mich, den Buben, hat das Jugendamt Pflegeeltern gesucht.

Therapiegespräch im Februar 1990

Dr. Z. und Alexander Sommer

Drei Monate ist das jetzt her, ja, es ist im November gewesen. Da habe ich mich – plötzlich an was erinnern können, ich weiß nicht, wieso auf einmal, vielleicht auch wegen dem Alkohol oder wegen dem hohen Fieber.

Ich bin von daheim abgehaut, habe es nur der Manu gesagt, und bin nach Innsbruck gefahren. Schon im Bus habe ich mich fiebrig gefühlt, und mein Husten ist so schlimm gewesen, ich habe gewusst, ich sollte eigentlich umdrehen. Ich habe aber nicht umgedreht, ich habe wieder in die Wohnung hinmüssen, wie eine Sucht ist das gewesen.

Normalerweise habe ich bei der Martina übernachtet, aber dieses Mal hat die Martina nichts davon gewusst. Ich habe ein paar Sachen zum Essen und Trinken eingekauft, auch Alkohol, ja, eine Flasche Rum, den habe ich dann mit Cola gemischt, und bin sofort zum Fürstenweg gegangen.

Es hat mich hingezogen, weil es mir so bekannt vorgekommen ist und weil ich mich in dem Raum wohlgefühlt hab. Jedes Mal, wenn ich dort gewesen bin, sind in mir kurze Erinnerungen hochgekommen, so – so fetzenartig ist das gewesen. Einmal habe ich mich erinnert, dass ich ganz wild im Schaukelstuhl geschaukelt habe, und einmal, dass ich im Bett liege und sich wer über mich beugt, jemand, der gut riecht und mir was vorsingt. Es muss meine Mutter gewesen sein, aber an ihr Gesicht habe ich mich nicht erinnert.

Weil es ein Samstag gewesen ist, ist niemand in der Werkstatt gewesen. Aber in die Wohnung habe ich über die Außenstiege reinkönnen, und das Türschloss war ja kaputt.

Den ganzen Tag lang bin ich in der Wohnung gewesen und die Nacht und den nächsten Tag auch noch. Ich bin einfach so dagelegen, und dann bin ich wieder rumgegangen. Den großen Raum auf und ab. Ich habe mich gezwungen, mich an was zu erinnern. Ich habe mich so krank gefühlt und fiebrig, heim wollte ich aber trotzdem so schnell nicht. Dann habe ich mich total betrunken. Wieso? Ich weiß es nicht, vielleicht weil ich sauer gewesen bin, dass keine großartigen Erinnerungen gekommen sind.

Ich bin auf dem Rücken gelegen, stockbetrunken, und habe geflennt wie ein kleines Kind: Erinner dich, erinner dich, na, komm schon, erinner dich wenigstens an ihr Gesicht. Und dann bin ich weggetreten, so besoffen und gleichzeitig heiß vom Fieber bin ich gewesen, vorher habe ich noch gekotzt. Es ist komisch, ich kann es gar nicht richtig erklären, aber ich habe dann wirklich geträumt, ganz wirr.

Ich habe von ihr geträumt, von meiner Mutter, wie sie im Schaukelstuhl sitzt, leicht vor- und zurückwippt und liest. Ich liege im Bett und kann nicht schlafen und beobachte sie heimlich durch den Spalt der zwei Vorhänge, die vor meinem Bett aufgehängt sind, weil es ja keine Wand gibt. Später muss ich doch eingeschlafen sein, aber irgendwelche Geräusche wecken mich auf, und ich merke, dass noch jemand in der Wohnung ist. Ich schaue durch den Spalt durch und sehe von hinten einen großen Mann, und nach einer Weile sehe ich, dass er die Hände um ihren Hals gelegt hat, dass er meine Mutter würgt. Es ist wie in meinem Albtraum gewesen, den ich als Kind immer gehabt hab. Mir ist im Traum heiß und kalt gleichzeitig geworden, und ich habe zu schreien angefangen, und dann bin ich aufgewacht.

Mir ist so furchtbar kalt gewesen. Ich bin in den Schlafsack gekrochen, habe aber nicht mehr einschlafen können, weil mir dann gleich wieder so heiß war, mir ist schlecht gewesen, und mein Kopf und mein Hals haben wehgetan. Aufstehen habe ich fast nicht können, so schwach bin ich gewesen. Ich habe gewusst, ich muss hohes Fieber haben. Ich habe immer an den Traum denken müssen, meine Mutter und der große Mann im schwarzen Mantel von hinten, der sie würgt. Ich habe gespürt, dass es nicht nur ein Traum gewesen ist, sondern dass ich mich an was erinnert hab.

Und ich habe gewusst, ich muss sofort zum Angermair.

Therapiegespräch im Februar 1990

Dr. Z. und Alexander Sommer

Wie ich zum Angermair gekommen bin, weiß ich gar nicht mehr. Später haben sie mir gesagt, dass mich ein Taxi gebracht hat. Ich bin vor ihrer Wohnungstür gestanden, ganz heiß vom Fieber, und ich habe immer wieder gesagt: Jemand hat sie erwürgt, jemand hat sie erwürgt.

Die Frau vom Angermair hat das Bett im ehemaligen Kinderzimmer überzogen, und im Bad habe ich mich ausziehen und waschen müssen, weil ich so nach Alkohol und Erbrochenem gestunken habe. Sie hat mir einen alten Pyjama von ihrem Sohn gegeben. Weil ich über vierzig Grad Fieber gehabt habe, haben sie einen Arzt angerufen, der hat dann eine Lungenentzündung festgestellt und Medikamente dagelassen. Die ganze Zeit habe ich gefaselt, dass sie erwürgt worden ist.

Der Angermair hat daheim angerufen und Bescheid gesagt, wo ich bin, damit sie sich keine Sorgen machen. Die Mutter ist so im Stress gewesen, dass sie nicht einmal gefragt hat, wer der Anrufer ist und wieso ich bei ihm bin. Sie hat sich nur schnell die Nummer aufgeschrieben.

Am nächsten Tag habe ich dem Angermair von meiner Erinnerung erzählt. Er hat mir ernst zugehört und Fragen gestellt wie zum Beispiel: Wie hat der Mann ausgeschaut? Hat er etwas gesagt? Was ist danach passiert? Wie hat der Mantel genau ausgeschaut?

Aber ich habe nicht viel mehr sagen können, als dass ich von hinten einen großen Mann mit einem schwarzen Mantel gesehen habe, der seine Hände um den Hals meiner Mutter gelegt hat. Der Mantel ist sehr lang gewesen, schwarz und hat zwei goldene Knöpfe oben auf der Schulter und auch hinten am unteren Schlitz gehabt.

Der Angermair hat mir die Hand auf die Schulter gelegt und gesagt: Alexander, klammer dich nicht zu fest an das, es kann auch nur ein böser Traum gewesen sein. Aber ich war mir da schon so sicher, dass es mehr als das gewesen ist.

Gegen Abend ist auf einmal die Mutter aufgetaucht und wollte mich unbedingt mitnehmen. Ich habe an ihrem Gesichtsausdruck gemerkt, dass sie sauer ist. Der Angermair wollte mich zuerst gar nicht mitfahren lassen, weil ich noch so schlecht beieinander war, aber die Mutter hat gesagt: Im Auto ist es warm, und da kann er schlafen.

Sie wollte sich gar nicht mit dem Angermair unterhalten, aber der hat halt einfach geredet, während ich mich angezogen habe. Er hat ihr erzählt, dass er damals der Beamte von der Kripo gewesen ist, der mich gefunden hat, dass ich ihn schon einmal besucht habe, dass ich schon ab und zu in der Wohnung meiner leiblichen Mutter gewesen bin, dass ich sie suche.

Er ist sogar mit der Tür ins Haus gefallen: Der Alexander hat sich an was erinnert, hat er gesagt. Die Mutter hat ihn angeschaut und gefragt: An was? Wie ein Stöhnen hat das geklungen. Zum Schluss hat sie zum Angermair gesagt: Hören Sie doch auf, dem Buben Flausen in den Kopf zu setzen! Die Frau hat sich davongemacht und aus, fertig!

Das ist dann die längste Autofahrt in meinem Leben gewesen. Ich bin auf dem Beifahrersitz gesessen und habe mich ganz schwach und fiebrig gefühlt. Nach dem Einsteigen hat sie nur zornig gesagt: Was hast du mit diesen Stadtleuten zu schaffen? Man belästigt keine Fremden, hörst du! Dann hat sie kein Wort mehr geredet und auch nicht das Radio aufgedreht, da ist so eine Stille zwischen uns gewesen, richtig unangenehm war mir das. Ich habe die ganze Zeit aus dem Fenster geschaut, weil ich ihr Gesicht nicht sehen wollte, sie hat so verbissen dreingeschaut.

Und beim Aussteigen hat sie gesagt: Sie hat dich allein zurückgelassen, Alexander, und so einen Menschen suchst du? Ich habe gar nichts gesagt, ich habe geschaut, dass ich ins Bett komme, sonst wäre ich sicher umgekippt.

Therapiegespräch im Februar 1990

Dr. Z. und Alexander Sommer

Wegen der Lungenentzündung bin ich eine Woche lang im Bett gelegen und habe nicht arbeiten können. Es sind abwechselnd die Anna und die Manu in den Stall gegangen, und der Vater hat einen furchtbaren Grant gehabt, weil ich ausgefallen bin. Die Mutter hat mir den Tee und das Essen hingestellt und dabei kein Wort geredet.

Ich bin so unruhig gewesen, immer habe ich dran denken müssen, wie der Mann die Hände um den Hals meiner Mutter legt. Ich habe schlecht geschlafen, und der Albtraum von früher ist wiedergekommen. Manchmal war's die Hexe, manchmal der große Mann mit dem schwarzen Mantel, der meine Mutter erwürgt.

Und auf einmal ist mir eingefallen, dass ich so einen schwarzen Mantel mit goldenen Knöpfen schon mal gesehen habe.

Therapiegespräch im Februar 1990

Dr. B. und Andreas Winter

Mein Papa ist cool. Er ist immer lustig mit mir gewesen. Er hat mir viel geschenkt. In den Osterferien sind wir nach Ägypten geflogen. Nur er und ich. Dort habe ich die Pyramiden gesehen. Ich bin das erste Mal geflogen. In meiner Klasse bin ich der Einzige, der schon mal geflogen ist. Wie wir im Flugzeug gesessen sind, hat er mir viel erzählt. Was er früher in Wien erlebt hat.

Er hat als Kind Kohlen geschleppt. Für die Nachbarn. Damit er ein paar Groschen verdient. Seine Mutter und er sind ganz arm gewesen. Sein Vater ist im Krieg gestorben.

Einmal hat er ein paar Kohlen von einem Nachbarn gestohlen. Der Mann ist draufgekommen. Mein Papa hat sich ausziehen müssen. Nur die Unterhose nicht. Der Mann hat ihn mit den Kohlen eingerieben, ganz fest. Dass die Haut gebrannt hat und dass er schwarz gewesen ist. Dann hat er ihn heimgeschickt. Aber mein Papa ist durch den Hof gegangen. Da hat die Frau von dem Mann die Bettwäsche aufgehängt. Er hat sich eingewickelt in die weißen Leintücher. Alles ist schwarz gewesen! Die Frau hat alles noch mal waschen müssen. Ich habe so lachen müssen!

Lass dir nie was gefallen, hat mein Papa zu mir gesagt.

Später hat er als Hoteldiener in einem großen Hotel gearbeitet. Er ist immer mit einer Uniform rumgelaufen. Er hat Gepäck geschleppt. Und den Lift bedient. Mit dem Lift auf- und abfahren, das hat ihm gefallen. Einmal ist er stecken geblieben, den ganzen Tag lang. Aber er ist nicht allein drin gewesen, sondern mit einem Zimmermädchen. Der Chef hat dann rumgeschrien.

Später hat er sich mit einem Freund selbständig gemacht. Das ist immer sein großer Traum gewesen. Eine eigene Firma haben. Sie haben einen Obst- und Gemüseladen eröffnet. Mein Papa ist mit seinem Mofa zu den Bauern gefahren. Hat die Sachen abgeholt und ins Geschäft gebracht. Die sind ganz schwarz vom Auspuff gewesen.

Dann hat er eine Bar aufgemacht, in einem Keller. Viele amerikanische Soldaten sind gekommen. Einmal hat ein Schwarzer mit einer Frau auf dem Tisch getanzt. Der Tisch ist auf einmal auseinandergebrochen. Genau in dem Moment, wie der Mann von der Frau reingekommen ist und auf den Schwarzen geschossen hat. Er hat nur die Whiskeyflasche getroffen. Nicht den Mann, weil der ist auf den Boden gekugelt. Der Whiskey ist ausgeronnen.

Ich hätte gern früher gelebt! Früher ist alles spannender und lustiger gewesen! Mir ist meistens fad.

THERAPIEGESPRÄCH IM FEBRUAR 1990

Dr. Z. und Alexander Sommer

Die Eltern haben mir verboten, dass ich noch mal in die Wohnung meiner Mutter gehe und den Angermair besuche. Aber ich habe mich nicht dran gehalten, ich habe einfach wieder nach Innsbruck fahren müssen und mit dem Angermair reden. Und ich wollte unbedingt noch mal in die Wohnung gehen, ich habe gedacht, wenn ich mich an mehr erinnern kann, dann nur dort. Die Manu hat mir versprochen, für mich in den Stall zu gehen. Das ist am 16. Dezember gewesen, und danach ist alles so anders gewesen. Alles ist irgendwie – zusammengebrochen.

Ich bin sofort zum Angermair gegangen, und er hat auf mich gewartet, weil ich ihn vom Bahnhof aus angerufen habe. Ich habe ihm vom Berger erzählt, dass der einen schwarzen Mantel mit goldenen Knöpfen getragen hat, wie ich ihn das erste Mal gesehen hab. Ich habe ihm gesagt, der Fall muss neu aufgerollt werden, der Berger muss verhaftet werden, und die Leiche hat er sicher irgendwo in der Nähe der Werkstatt vergraben, man muss alles absuchen! Ich bin so aufgeregt gewesen und der Angermair ganz nachdenklich.

Er hat gesagt, dass er damals auch den Berger verdächtigt hat, dass er mit Paulinas Verschwinden etwas zu tun hat, weil er sie manchmal belästigt hat und von ihr immer wieder einen Korb bekommen hat. Aber er hat für die Nacht ein Alibi gehabt, er ist mit seiner Frau zusammen gewesen, das hat sie bestätigt. Er muss verhaftet werden, unbedingt, habe ich laut gesagt, fast geschrien habe ich, und der Angermair wollte mich beruhigen, er hat gesagt, er wird sich darum kümmern, dass der Fall neu aufgerollt wird, weil mit meiner Erinnerung ja jetzt alles anders aussieht. Ich soll mir aber nicht zu viel Hoffnung machen, viele Chancen haben wir da nicht, und das Ganze wird nicht so leicht sein.

Dann hat er mich abgelenkt und gesagt, ob ich mit der Frau Kofler reden will, sie kann mir bestimmt Einzelheiten über meine Mutter erzählen. Er hat Kontakt mit ihr aufgenommen, und sie würde sich freuen, mich zu sehen, er kann mich sofort hinbringen, wenn ich Lust habe. Ich habe Lust gehabt.

Ich bin dann der Frau Kofler in ihrer Küche gegenübergesessen. Die Küche ist sehr groß und modern eingerichtet gewesen, und die Frau hat elegant ausgeschaut. Ich habe mich unwohl gefühlt, obwohl sie sich echt gefreut hat, dass ich sie besuche.

Einmal ist ihr Sohn reingekommen, der hat Stefan geheißen, und sie hat mich gefragt, ob ich mich an ihn erinnere, aber ich habe mich nicht erinnert. Sie hat gesagt, dass wir fast gleich alt sind und viel miteinander gespielt haben. Der Stefan hat mir nicht mal die

Hand gegeben, sondern mir nur leicht zugenickt, als wäre er so ein adliger Graf. Er hat sich was aus dem Kühlschrank genommen und ist wieder gegangen, er hat nichts gesagt.

Die Frau Kofler hat Paulina das Angebot gemacht, auf mich aufzupassen, weil sie für ihren Stefan jemanden haben wollte, der mit ihm spielt, einen Spielgefährten, so hat sie das genannt. Der Stefan hat im September sein Studium angefangen, er studiert Jura, hat sie ganz stolz gesagt und mich gefragt, was ich beruflich mach. Ich bin mir so blöd vorgekommen, wie ich gesagt habe, dass ich daheim auf dem Hof arbeite.

Dann hat sie von Paulina erzählt, aber viel hat sie auch nicht gewusst. Meine Mutter hat mich in der Früh abgeliefert und am Nachmittag abgeholt und hat dabei nicht viel geredet. Paulina ist irgendwie eigenartig gewesen, hat sie gesagt, so zurückgezogen, sie hat sich mit anderen Leuten schwergetan. Ihre Umgangsformen sind teilweise derb und ungeschliffen gewesen, ungeübt, wahrscheinlich deswegen, weil sie in Süditalien als Kellnerin in einer miesen Spelunke gearbeitet hat und sich oft wehren hat müssen. Sie hat irgendwie naiv und abgebrüht gleichzeitig gewirkt. Sie hat niemanden gehabt, auch keine Freunde, nur mich, und auf mich ist sie ganz fixiert gewesen, und sie hat sich in Innsbruck nicht wohl gefühlt, es ist ihr zu kalt gewesen. Von ihrem Liebhaber hat sie nur einmal kurz erzählt. Sie sind nur ein Jahr zusammen gewesen, aber oft haben sie sich auch nicht gesehen, weil er ein Deutscher war, der nur zwei oder drei Mal im Monat in Innsbruck zu tun gehabt hat. Wie sie schwanger geworden ist, hat er sie sitzen lassen, er hat ihr aber alle paar Wochen persönlich Geld vorbeigebracht, weil er wollte, dass es ihr und dem Kind gut geht.

Zum Schluss hat die Frau Kofler gesagt: Alexander, ich habe viel über deine Mutter nachgedacht, nachher, wie sie weg war. Weißt du, sie hat es echt nicht leicht gehabt, weil sie die Eltern früh verloren hat und sich niemand um sie gekümmert hat. Sie ist wirklich intelligent und begabt gewesen, sie hat eine großartige Stimme gehabt, aber nie hat sie jemand gefördert oder unterstützt. Unter anderen Umständen wäre sie ein glücklicher Mensch und vielleicht sogar eine bekannte Sängerin geworden.

Ich habe mich gefreut, dass sie so was Nettes über meine Mutter sagt, und habe mich bedankt. Dann bin ich gegangen.

Therapiegespräch im Februar 1990

Dr. Z. und Alexander Sommer

Ich bin von der Frau Kofler weg und zu Fuß zum Fürstenweg gegangen, ich wollte unbedingt noch in die Wohnung und mehr Erinnerungen haben. Ja, ich habe gedacht, es kommen wieder welche, eigentlich habe ich es mir so gewünscht, dass wieder welche kommen. Vielleicht erinnere ich mich an das Gesicht vom Berger, habe ich gedacht.

In der Wohnung ist es so kalt gewesen und auch eher dunkel, weil die Dachfenster voller Schnee gewesen sind. Gott sei Dank habe ich die Taschenlampe im Rucksack gehabt. Ich habe mich in den Schaukelstuhl gesetzt und die Augen zugemacht und versucht mich zu erinnern. Es ist aber nichts gekommen.

Weil mir so kalt gewesen ist, bin ich im Raum auf und ab gegangen, und auf einmal habe ich mir gedacht, jetzt spiel ich Sherlock Holmes. Vielleicht find ich noch Spuren, zerrissene Kleidungsstücke oder hängengebliebene Haare oder alte Blutflecken, wie man das so in den Krimis sieht. Ich habe mir alles ganz genau angeschaut, jeden Balken, den Boden, die Holzwände, alles habe ich mit der Taschenlampe ausgeleuchtet. Während ich so gesucht habe, ist mir das Ganze lächerlich vorgekommen. Ich habe mir gedacht: Was machst du da? Es ist fast sechzehn Jahre her, was willst du da noch finden? Sogar einen Lachkrampf habe ich bekommen, so lächerlich habe ich es gefunden, wie ich da mit der dreckigen Taschenlampe vom Stall in jede Ritze von den Holzbalken hineinleuchte.

Aber dann habe ich wirklich was gefunden, und ich habe es zuerst gar nicht glauben können. Im letzten Balken ganz hinten im Raum habe ich gesehen, dass was in einer Ritze drinsteckt, die Ritze hat zur Wand geschaut und zwischen Ritze und Wand sind nur ungefähr zehn Zentimeter gewesen.

Es sind lauter so Schnipsel gewesen, zerrissene Schnipsel, ich habe lang gebraucht, bis ich alle draußen hatte. Ich habe gesehen, dass es ein zerrissenes Foto sein muss, und ich bin mir sicher gewesen, dass es ein Foto gewesen ist, das einmal Paulina gehört hat. Weil nach ihr hat niemand mehr in der Wohnung gewohnt, das habe ich von Bergers Neffen gewusst.

Ich habe mich auf meinen Schlafsack gehockt und angefangen, das Foto zusammenzusetzen. Wie beim Puzzlebauen bin ich mir vorgekommen, und ziemlich nervös bin ich gewesen. Was ist auf dem Foto drauf? Wieso hat sie es zerrissen? Was kriege ich gleich zu sehen?, das habe ich mich die ganze Zeit gefragt. Ich habe in mir gespürt, dass, wenn ich das Puzzle fertig habe, ich was wissen werde, was Wichtiges, was, das mir weiterhilft. Ein Foto mit nur sich selber drauf hätte sie ja nicht zerrissen, es muss was oder jemand drauf sein, das oder der ihr Kummer bereitet hat.

Nach einer Weile habe ich gewusst, dass ich die Fototeile aufkleben muss auf ein Blatt Papier, damit ich mehr erkennen kann, die Schnipsel sind so klein gewesen und haben sich aufgewölbt, wie sie da so dagelegen sind. Auf dem Foto sind mehrere Leute gewesen. Ich bin nicht weitergekommen. Ja, nicht weitergekommen und habe trotzdem schon eine Ahnung gehabt, weil ein Gesicht habe ich –, ich habe geglaubt, ich erkenne ein Gesicht, aber irgendwie wollte ich's nicht wahrhaben. Das kann ja nicht sein, habe ich noch gedacht.

Ich gehe runter zur Werkstatt und frage den jungen Berger, ob er nicht zufällig einen Uhu oder so was Ähnliches und ein Blatt Papier hat. Er hat dann wirklich einen Kleber und ein Papier gefunden. Beim Hinaufgehen in die Wohnung habe ich mir noch gedacht, soll ich das wirklich machen, und wieso mache ich das, soll ich nicht einfach heimfahren, sie werden mir den Kopf schon nicht abreißen. Aber gleichzeitig ist da so ein Zwang in mir gewesen, ich habe es einfach wissen müssen. Obwohl ich eigentlich schon gewusst habe, was drauf ist, aber ich habe es nicht verstanden.

Und dann habe ich die Foto-Puzzleteile aufgeklebt, Stück für Stück, und ich habe geweint, weil ich das Foto gekannt habe. Aber verstanden habe ich es immer noch nicht, absolut nicht verstanden. Es ist so eine Überraschung für mich gewesen! Wieso hat Paulina dieses Foto gehabt? Was hat das eine mit dem anderen zu tun? Wie ein Volltrottel bin ich dagesessen und habe versucht meine Gedanken zu ordnen.

In einer Telefonzelle habe ich den Angermair angerufen, aber seine Frau hat gesagt, dass er nicht da ist. Ob sie ihm was ausrichten soll, hat sie gefragt. Ich habe gesagt: Sagen Sie ihm, dass ich in der Wohnung was gefunden hab, was Wichtiges, dann habe ich aufgelegt und bin zum Busbahnhof gelaufen.

Therapiegespräch im Februar 1990

Dr. B. und Manuela Winter

Ja, am 16. Dezember ist der Alex wieder nach Innsbruck abgehaut. Mich hat er gefragt, ob ich für ihn in den Stall gehe. Ich wollte es ihm unbedingt ausreden. Ich habe Angst gehabt, der Vater kommt drauf und beschimpft ihn nachher wieder! Aber der Alex hat mein Gesicht in seine Hände genommen. Er hat mich richtig angebettelt. So ist er normal nicht, normal ist er sehr ruhig. Da habe ich halt ja gesagt.

Die Eltern haben's den ganzen Tag nicht einmal gemerkt, dass er weg gewesen ist! Der Alex ist ein Eigenbrötler. Er ist oft bei den Mahlzeiten nicht aufgetaucht. Der Vater ist sowieso meistens drüben in seinem Hotel. Die Mutter hat geglaubt, er ist im Stall oder bei den Maschinen und werkelt halt herum. Das ist bei uns so Scheiße gewesen! Dass keiner abgeht, außer man braucht ihn für irgendeine Arbeit.

Beim Abendessen ist die Mutter dann doch stutzig geworden. Weil er schon beim Frühstück und beim Mittagessen nicht da gewesen ist. Sie hat zum Vater leise gesagt, ich habe es genau gehört: Ich habe Angst, dass er sich was antut. Du hättest mit ihm feiner sein sollen, Toni, die letzten Jahre. Du weißt, dass er sensibel ist.

Aber der Vater ist ausgezuckt und hat geschrien: Der ist sicher wieder nur in der Stadt bei dem Polizisten! Lässt sich irgendwas einreden von wegen einem Verbrechen!

Und dann spaziert der Alex einfach so bei der Tür rein. Ich habe ihm sofort angesehen, dass was nicht stimmt. Er ist ganz anders als sonst gewesen. Und auch die Eltern haben gesehen, dass der Alex anders als sonst dreinschaut.

Der Alex holt aus seinem Rucksack ein Blatt Papier raus. Auf das Papier ist ein Foto draufgeklebt gewesen. Das ist vorher zerrissen gewesen. Das hat man genau gesehen. Er fragt die Eltern: Wie kommt das Foto in die Wohnung meiner richtigen Mutter?

Die Eltern haben ihn angeschaut, als hätte er nicht alle Tassen im Schrank. Ich habe das Papier geschnappt, weil ich es mir genau anschauen wollte. Da habe ich gesehen, dass es mein Taufbild ist. Ich meine, das Foto, das bei meiner Taufe gemacht worden ist. In der Kirche.

Da stehen die Eltern, die Mutter hat mich auf dem Arm. Die Anna, mit der Taufkerze in der Hand, und die Martina stehen vor ihr. Rechts von ihr steht der Vater und links von ihr die Tante Franziska. Sie ist nämlich meine Taufpatin, von uns allen. Ich kenne das Foto gut. Alle kennen wir es. Es hängt eingerahmt bei uns in der Stube, auch die Tauffotos von den anderen. Außer vom Alex natürlich.

Das ist ja das Foto von meiner Taufe! Verdammte Scheiße, was hat das in der Wohnung von Alex' Mutter zu suchen?, habe ich gesagt.

Therapiegespräch im Februar 1990

Dr. R. und Monika Winter

Ob ich es geahnt habe?

Ja, ich habe – ich habe es geahnt, manchmal, und einmal hat jemand was gesagt in der Richtung. Da sind die Manuela und der Alexander ungefähr sieben Jahre alt gewesen.

Die alte Koll ist zu uns gekommen, sie ist eine Hausiererin gewesen und hat Wäsche verkauft, vor allem Tischwäsche, schöne bestickte Tischdecken oder handgehäkelte Tischläufer. Sie ist ein altes, verhutzeltes Weiblein gewesen und ist mit einem Korb von Haus zu Haus gegangen, zweimal im Jahr, und hat ihre Ware angeboten. Jeder hat ihr etwas abgekauft, das ist einfach üblich gewesen. Jetzt gibt es so etwas nicht mehr, und die alte Koll ist auch vor ein paar Jahren gestorben.

Auf alle Fälle sitzt sie bei uns am Küchentisch und trinkt ihren Kaffee. Der Toni war am Anfang auch noch da, aber er ist dann in den Stall gegangen. Ich schaue die Tischdecken durch, und die Kinder sitzen um den Tisch herum, alle vier, die Anna, die Martina, die Manu und der Alexander. Wenn die alte Koll gekommen ist, sind sie immer dabeigesessen, weil sie ihnen Geschichten von früher erzählt hat.

Da sagt die alte Frau zu mir: Schöne Kinder haben 'S, Frau Winter, wirklich schöne Kinder, die ersten zwei schauen Ihnen gleich, und die zwei jüngsten schauen Ihrem Mann ähnlich. Die Anna und die Martina haben gelacht, und ich habe die Manu und den Alexander angeschaut, wie sie ihren Kakao um die Wette schlürfen, und habe gedacht, eigentlich hat sie recht, die beiden sehen dem Toni ähnlich.

Ich habe das dem Toni erzählt und so getan, als würde ich einen Scherz draus machen. Er hat nur gelacht und gesagt: Mein Gott, es gibt eine Menge Dunkelhaarige auf der Welt, die obendrein noch dünn sind, und ich glaube nicht, dass die Alte noch so viel sieht.

Nach ein paar Tagen habe ich die ganze Geschichte wieder vergessen gehabt. Ich habe genug Arbeit gehabt, und außerdem, was hätte es genützt?

Therapiegespräch im Februar 1990

Dr. Z. und Alexander Sommer

Ob ich schon einmal verliebt gewesen bin?

Einmal, aber nur kurz. Im letzten Winter ist mal eine Familie da gewesen aus Niederösterreich, aus der Nähe von Wien, und die älteste Tochter hat Silke geheißen. Sie hat mir so gut gefallen. Ich weiß, es klingt blöd, aber sie hat sich wie eine Fee bewegt, sie ist geschwebt, nicht gegangen. Sie hat Cello gespielt und Ballett getanzt, und in der Stube hat sie uns einmal was vorgespielt und ein Stück vom sterbenden Schwan vorgetanzt. Die Manu hat sich zerkugelt dabei, aber ich habe es wahnsinnig schön gefunden. Sie hat richtig viele Bücher gelesen und ist kurz vor der Matura gestanden, sie hat mir von den Büchern erzählt, die sie für die Matura lesen muss, von Goethe, von Schiller, von Lessing. Gescheit ist sie mir vorgekommen und so anders als die Mädchen im Dorf.

Sie hat sich für mich interessiert, obwohl ich Komplexe ihr gegenüber gehabt habe. In den Stall ist sie mit mir gegangen und wollte mir melken helfen. Sie ist das erste Mädchen gewesen, das mich auf den Mund geküsst hat und das mit mir schlafen wollte. Dass ich in der Familie ein Pflegekind bin, hat sie besonders interessiert, sie hat mich jeden Tag nach meinen richtigen Eltern ausgefragt. Bis ich mir dann eine Geschichte von einem Schiffsunglück ausgedacht habe. Meine Eltern sind Archäologen in Ägypten gewesen und im Nil ertrunken. Sie hat das echt geschluckt.

Nach einer Woche ist sie abgereist, wie das Gäste so machen. Sie hat mir einmal geschrieben, und ich habe ihr zurückgeschrieben. Einmal ist sie noch gekommen, aber da hat sie mir nicht mehr so gut gefallen.

Therapiegespräch im Februar 1990

Dr. R. und Monika Winter

Wie es mir dann gegangen ist?

Eigentlich, das klingt jetzt vielleicht seltsam, aber eigentlich ist es mir nicht so schlecht gegangen. Ich habe endlich Gewissheit gehabt, dass der Toni der Vater ist vom Alexander. Im Grunde habe ich's vorher einfach nicht wahrhaben wollen und doch immer wieder geahnt. Er hat's mir dann am selben Abend gesagt, dass er eine kurze Affäre gehabt hat mit der jungen Frau damals in Innsbruck, wie er als Versicherungsvertreter gearbeitet hat. Er hat nicht viel erzählt, nur dass er sie verlassen hat, nachdem der Schwiegervater gestorben ist und er wieder heimgekommen ist. Da ist sie schon schwanger gewesen, und er hat ihr ab und zu genug Geld vorbeigebracht, weil er nicht wollte, dass es dem Kind schlecht geht. Und wie er dann in der Zeitung den Artikel gelesen hat, im Mai 73, dass die Frau einfach in der Nacht abgehaut ist, hat ihn der Gedanke an das Kind nicht losgelassen. Deswegen hat er mir eingeredet, dass er einen Pflegesohn haben will.

Ich habe mich ruhig gefühlt, ich bin erleichtert gewesen, dass es ans Tageslicht gekommen ist. Und ich habe gedacht, dass alle so empfinden, dass alle froh und erleichtert sind. Der Alexander, weil er seinen richtigen Vater kennt, und der Toni, weil er nichts mehr verstecken muss.

Es wäre mir auch gleich gewesen, wenn es das ganze Dorf erfahren hätte. Es ist mir wurscht gewesen zu dem Zeitpunkt! Der Toni hat halt einmal Pech gehabt, aus, fertig!

Die ersten Jahre unserer Ehe, wie mein Vater noch gelebt hat, sind hart gewesen, und da hat sich halt ein Weibsbild in der Stadt an ihn rangeschmissen und ihm ein Kind angehängt. Er wäre ja nicht der Erste, dem so was passiert. Und dass er dann seinen Sohn zu sich holt, nachdem sich dieses – dieses Luder absetzt, ist ja nicht nur verständlich, sondern auch nobel, nicht wahr? Dass er mir nie die Wahrheit gesagt hat, na ja, er wollte unsere Ehe nicht aufs Spiel setzen. Oder er hat sich halt nicht getraut und wollte im Dorf nicht als Ehebrecher dastehen, er wollte ja immer unbedingt dazugehören.

So einfach ist das für mich gewesen. Ich bin richtig glücklich dabei gewesen. Ich habe gedacht, der Toni wird mir gegenüber ein schlechtes Gewissen haben, wird mir alles beichten und dann wieder mehr daheim sein, sich mehr bemühen um die Familie. Er ist ja die meiste Zeit im Hotel drüben gewesen, der Hof und wir sind Luft für ihn gewesen. Und den Alexander werden wir so schnell wie möglich adoptieren und aus, fertig, Schluss mit Sommer wie Winter, und dem Buben wird's dann auch psychisch besser gehen.

Nach ein paar Tagen habe ich aber gemerkt, dass der Toni und der Alexander nicht so denken. Sie sind nicht froh und erleichtert gewesen, im Gegenteil, die Anspannung ist bei den beiden noch größer gewesen.

Es ist so richtig die Kälte ausgebrochen bei uns, und wir alle haben sie gespürt. Nach ein paar Tagen habe ich gewusst, nichts wird gut, alles wird auseinanderbrechen, alles wird anders, und ein bisschen habe ich den Alexander dafür gehasst, weil er so feindselig gewesen ist und weil er einfach keine Ruhe gibt mit den alten Geschichten. Ich habe mit ihm geredet und zu ihm gesagt: Du kennst jetzt die Wahrheit, Alexander, jetzt gib deinem Vater eine Chance, zeig dich ihm gegenüber doch versöhnlicher!

Er hat mich angeschaut und hat gesagt: Für mich ist es nicht so leicht wie für dich. Dein Mann ist immer dein Mann gewesen, aber der Vater ist vorher nie mein Vater gewesen.

Therapiegespräch im Februar 1990

Dr. Z. und Alexander Sommer

Nein, eigentlich habe ich Weihnachten nie mögen, und jetzt werde ich es wohl für den Rest meines Lebens nicht mehr mögen.

Im Advent sind immer die Emotionen hochgegangen, und die Eltern haben da immer am meisten gestritten. Sie sind in der Zeit so extrem gestresst, weil's da noch mehr Arbeit gibt. Die Mutter hat jeden Nachmittag wie eine Verrückte Kekse gebacken, und Anfang Dezember hat sie das Haus und die Pension auf Hochglanz bringen und weihnachtlich schmücken müssen. Das Haus ist voller Gäste gewesen, ja, über Weihnachten sind Gäste da, und am 24. am Abend sind wir mit ihnen gemeinsam um den Christbaum gestanden, haben gemeinsam gegessen und sind mit ihnen in die Mette marschiert. Den Gästen hat's gefallen, aber uns Kindern überhaupt nicht. Jeder Gast hat ein Sackl mit selber gemachten Keksen von der Mutter bekommen. Dafür haben wir den ganzen Dezember ihren Grant aushalten müssen.

Der vergangene Dezember ist noch furchtbarer gewesen als alle anderen davor. Im Haus ist nur dicke Luft gewesen, seitdem wir alle gewusst haben, dass der Vater mein richtiger Vater ist. Niemand hat sich getraut darüber zu reden, alle haben uns zwei so behandelt, als wären wir rohe Eier. Ich habe vor allem die Mutter nicht verstanden, wieso sie ihn nicht zur Rede stellt, wieso sie ihn nicht anschreit und vor die Tür setzt, wenigstens für eine Weile. Er hat sie ja betrogen! Dann hätte er mal um was betteln müssen. Aber sie hat es nicht getan, sie war mit ihm immer eher unterwürfig und irgendwie so – so verschreckt, als würde sie sich ihm gegenüber minderwertig fühlen. Dabei ist sie ja die Hoferbin damals gewesen! Aber das hat er immer gut können, dass man sich neben ihm minderwertig fühlt.

Nur die Manu hat ihn, wie ich mit dem Foto gekommen bin, direkt angesprochen. Sie hat gesagt: Das ist ja das Foto von meiner Taufe. Wieso hat Alex' Mutter das Foto von meiner Taufe gehabt? Der Vater ist so grau im Gesicht gewesen und hat sich auf einen Stuhl gesetzt. Sie hat ihn eine Weile angeschaut und dann gesagt: Heißt das, du hast sie gekannt und ihr das Foto gegeben, und heißt das, du bist der Vater vom Alexander? Er hat ganz lang nichts gesagt.

Die Mutter hat ganz nasse Augen gehabt und gesagt: Toni, sag doch was! Und dann hat er leise gesagt: Sie hat mir einmal heimlich das Foto aus der Geldtasche genommen, weil sie unbedingt wissen wollte, wie meine Familie aussieht. Und dann hat er gesagt: Ja, ich habe eine Affäre mit ihr gehabt, und ich bin der Vater vom Alexander. Er hat mich angesehen und wollte nach meiner Hand greifen, aber ich habe sie weggezogen.

Die Manu ist aufgesprungen und hat geschrien: Ich glaub's einfach nicht, wir sind Halbgeschwister und wissen es nicht mal, weil du dein Maul nicht aufbringst, du verlogenes –! Sie ist hinausgelaufen, und ich bin ihr nachgelaufen, aber ich habe sie nicht erwischt, weil sie auf ihrem Moped davongefahren ist. Ich bin dagestanden und habe ihr nachgebrüllt, und der Vater ist aus dem Haus gekommen und zum Hotel rübergegangen, na ja, mehr gewankt als gegangen ist er. Er hat mich nicht angeschaut.

Dann haben wir tagelang nicht mehr über die Sache geredet, und die Manu ist daheim nicht mehr aufgetaucht, sie wohnt ja seit Oktober in Vent, erst am 24. ist sie wiedergekommen.

Wie es mir gegangen ist? Ich habe mich so eigenartig gefühlt und viele verschiedene Gedanken und Gefühle gehabt. Ich habe mich gar nicht darüber freuen können, dass ich jetzt gewusst habe, wer mein leiblicher Vater ist. Ich – ich habe nur Gleichgültigkeit gespürt, es ist mir wurscht gewesen, dass ich wirklich sein Sohn bin, ich wollte nur meine richtige Mutter finden oder wissen, was damals passiert ist. Und dann bin ich wieder so wütend auf ihn gewesen, ich habe ihn gehasst, weil er uns alle jahrelang angelogen hat und weil ich nicht als sein richtiger Sohn habe aufwachsen dürfen, nur damit er im Dorf nicht als Ehebrecher dasteht. Gleichzeitig wollte ich gar nicht sein richtiger Sohn sein, weil er mir einfach so zuwider gewesen ist und ich mich ihm nicht ähnlich gefühlt hab. Der Angermair hat mich angerufen, und ich habe ihm alles erzählt. Er hat es zuerst nicht glauben können.

Der Vater hat mich mehr und mehr eingespannt. Kaum bin ich im Stall fertig gewesen, habe ich zum Skilift müssen, den ganzen Tag Liftwart spielen, und wenn ich um halb fünf heimgekommen bin, habe ich gleich wieder in den Stall gehen müssen, und am Abend hat er mich auf einmal in der Hotelküche gebraucht, was sonst ja nie der Fall war. Geredet hat er fast nichts mit mir.

Eine Woche später, am Heiligabend, sind wir alle sechs um den Christbaum herumgestanden und haben uns gegenseitig nicht angeschaut und jedes Wort vermieden. Die Martina ist am Tag zuvor von Innsbruck heimgekommen, und die Mutter hat ihr das Nötigste erzählt. Die Anna hat es ein paar Tage vorher von ihr erfahren. Neben uns sind sieben deutsche Gästefamilien gestanden, und alle haben sie mit nassen Augen »Stille Nacht« gesungen, und ich habe mich einfach nur elend gefühlt und gedacht, mir zieht's den Boden unter den Füßen weg.

In der Nacht ist der Vater dann in mein Zimmer gekommen, und ich habe gerochen, dass er wieder mal getrunken hat. Um zehn Jahre älter hat er ausgeschaut.

Er hat geschwafelt, wie leid es ihm tut, dass er mir nie die Wahrheit gesagt hat, ich war halt feig, so hat er gesagt, ich wollte nicht der Ehebrecher sein. Er hat gesagt, dass er mich sehr gern hat, dass er stolz drauf ist, dass ich sein Sohn bin, und dass es ihm damals ganz wichtig gewesen ist, dass ich bei ihm aufwachse, nachdem meine leibliche Mutter ausgewandert ist, und nicht bei irgendwelchen fremden Menschen.

Ich werde so bald wie möglich die Vaterschaft anerkennen, und dann werden wir dich adoptieren, die Mutter und ich, und alles wird gut, du wirst sehen, du bist dann erbberechtigt wie die anderen, hat er auch noch gesagt, und dann ist er rausgeschlurft. Wie er bei der Tür gewesen ist, habe ich gesagt: Vater, ich habe so viele Fragen. Er hat sich langsam nach mir umgedreht und mich angeschaut, aber so, als würde er durch mich hindurchschauen.

Wieso hat sie geglaubt, dass du ein reicher Deutscher bist und Thomas heißt?, habe ich ihn gefragt. Er hat gesagt: Weil ich ihr das erzählt habe, ich habe ihr was vorgespielt. Ich wollte nicht, dass sie weiß, wer ich wirklich bin, die Welt in Tirol ist klein, und wenn meine Familie erfahren hätte, dass ich eine Affäre habe, dann hätte mein Schwiegervater eine Scheidung erzwungen, das wäre ihm nur recht gewesen.

Er wollte wieder zur Tür rausgehen, aber ich habe noch schnell gerufen: Wie ist sie gewesen? Wohin ist sie ausgewandert? Er hat sich noch mal umgedreht und gesagt: Sie ist schön gewesen und – einsam. Wohin sie gezogen ist, weiß ich nicht. Dann ist er gegangen.

Ich bin im Bett gelegen und habe nicht mehr einschlafen können. Alles wird gut, alles wird gut, habe ich gedacht, stimmt das, wird wirklich alles gut?

Therapiegespräch im Februar 1990

Dr. Z. und Alexander Sommer

Zwei Tage später, am 26., hat mich der Angermair besucht, aber er ist nicht lang geblieben. Er hat mir zum Geburtstag gratuliert und mir ein Geschenk überreicht, da sind ein Hemd und ein Pullover drin gewesen.

Wir sind in der Stube gesessen, und die Mutter hat sich so bemüht um ihn und ihn bewirtet, nachher hat sie uns allein gelassen. Nach dem Vater hat der Angermair gefragt, aber der ist im Hotel drüben gewesen. Vom Berger hat er mir erzählt, dass er persönlich zu ihm gegangen ist, mit ihm geratscht hat und so nebenbei nach dem Mantel gefragt hat. Den Mantel hat er vor drei Jahren bei einer Altkleidersammlung gefunden, das weiß er so genau, weil er dann gleich im Fasching als Pirat gegangen ist.

Dann haben wir beide eine Weile nichts gesagt. Der Berger hat also meine Mutter nicht erwürgt, habe ich noch gedacht, und irgendwie ist es mir gleich gewesen, dass ich nicht recht gehabt habe. Vielleicht lebt sie ja wirklich noch und vielleicht wirklich in Neuseeland, wie ich das früher immer geträumt habe. Es ist also nur ein Albtraum gewesen und keine Erinnerung, und das ist gut, so habe ich gedacht. Ich bin so müde gewesen.

Der Angermair ist aufgestanden und hat sich alle Fotos an der Wand genau angeschaut, das Hochzeitsfoto der Eltern, die Tauffotos, die Fotos von unserer Erstkommunion. Er hat auf Manus Tauffoto gezeigt und gefragt, ob es das ist, und ich habe genickt. Er hat mich auch gefragt, ob ich mich noch an mehr erinnert habe, und ich habe nein gesagt, und er hat mich noch einmal nach dem Mantel des Mannes gefragt, wie der genau ausgeschaut hat, und ich habe es ihm gesagt.

Wie geht's jetzt weiter?, hat er mich gefragt, und ich habe gesagt, dass der Vater die Vaterschaft anerkennen wird und sie mich adoptieren wollen. Aus dem Sommer wird jetzt ein Winter, habe ich gesagt, ich wollte witzig sein, habe aber dann selber nicht lachen können.

Viel mehr haben wir nicht geredet, der Angermair ist irgendwie so nachdenklich und mit den Gedanken woanders gewesen und auch ruhig. Er hat es auf einmal eilig gehabt und sich von mir verabschiedet, und ich bin mit ihm zu seinem Auto gegangen. Dabei hat er mich gefragt, ob ich nicht zu ihm ziehen möchte, nur vorübergehend, bis ich ein eigenes Zimmer in Innsbruck gefunden habe, ich sei ja jetzt neunzehn und großjährig, er könnte mich morgen mit meinen Sachen abholen. Ich bin ganz überrascht gewesen und habe gesagt, dass ich es mir überlegen muss und dass ich ihn anrufen werde.

Er ist eingestiegen und hat die Fensterscheibe runtergekurbelt und gesagt: Lass die Sache jetzt ruhen, Alexander, glaub mir, es ist das Beste. Und pass auf dich auf! Dann ist er weggefahren.

Am Abend haben wir dann den schweren Autounfall gehabt, und die Manu hat mir das Leben gerettet. Seitdem ist der Vater verschwunden, und die Polizei hat keine Spur von ihm. Keiner von uns hat gemerkt, dass er sein Verschwinden schon länger geplant hat und dass er dafür heimlich Geld abgezweigt hat. Das kränkt die Mutter am meisten, dass er abgehaut ist und sich vorher noch gut versorgt hat, während sie hier mit der Hotelpleite zurechtkommen muss, von der sie bis jetzt keine Ahnung gehabt hat. Die Sache mit meiner richtigen Mutter ist für sie eine Nebensache.

Jahrelang habe ich mir meine Mutter in Neuseeland vorgestellt, in einem schönen Haus am Strand, wie sie auf der Terrasse sitzt und Tee trinkt. Jetzt stelle ich mir den Vater auf der gleichen Terrasse vor, wie er seinen Brandy trinkt und grinst.

Therapiegespräch im Februar 1990

Dr. B. und Anna Winter

Ja, im letzten März ist eine Wiener Familie da gewesen und hat eine Woche Urlaub bei uns auf dem Hof gemacht. Die älteste Tochter hat sich richtig an den Alexander rangeschmissen. Sie hat, glaube ich, Silke geheißen, und sie ist achtzehn oder neunzehn gewesen und eine richtige Zicke. Normalerweise merke ich mir die Gäste nicht so genau, weil ich mehr im Hotel bin als daheim, aber die habe ich mir gemerkt, weil sie ständig nur beim Alexander im Stall oder in der Scheune gestanden ist und seine Arbeit so romantisch und erdverbunden gefunden hat. Ja, genau das hat sie gesagt: romantisch und erdverbunden. Aber da ist sie nicht die Erste gewesen, die so was gesagt hat, viele Gäste sagen so was Ähnliches über unser Leben auf dem Bauernhof.

Man hat dem Alexander angemerkt, dass ihm ihr Nachlaufen gefällt. Ja, er hat sich ordentlicher als sonst hergerichtet und sich am Abend zu ihr in die Stube gehockt. Einmal hat er sich überreden lassen und ist mit ihr kegeln gegangen. Dabei hat sie mit ihm herumgeschmust, das hat mir nachher eine Freundin erzählt. Die Manu hat die Wienerin patzig gefragt: Was gefällt dir denn so an meinem Bruder? Und da hat sie mit ihrem blöden, hochnäsigen Wiener Dialekt gesagt: Er ist ja gar nicht dein Bruder! Das hat sie nicht vom Alexander gewusst, sondern von der Mutter, der Alexander hat das nie jemandem erzählt, aber die Mutter hat es immer gern rumposaunt. Die meisten Gäste haben sich nur deswegen für ihn interessiert.

Ja, gegen Ende der Woche hat die Mutter die zwei im Heu erwischt, ob viel passiert ist, wissen wir nicht, der Alexander würde nie drüber reden. Eine schön karierte Picknickdecke ist ausgebreitet gewesen, und da sind sie halb nackt draufgelegen, in einer Schüssel waren Weintrauben, und eine Champagnerflasche und zwei Sektgläser sind da gestanden. So was Kitschiges habe ich noch nie gehört! Picknickdecke im Heu mit Weintrauben und Champagner! Genau so stellen sich die Stadtler das Landleben vor. Die Mutter hat den beiden Beine gemacht, und da hat diese Silke auch noch gemeckert.

Ja, beim Abschied hat sie sogar Tränen gedrückt und gesagt, dass sie im Juni wiederkommen will und dass er ihr schreiben soll. Im Juni will ich dann mit dir auf dem Kirchtagsfest tanzen, hat sie gesagt. Die Manu hat die Augen verdreht, und ich und die Mutter haben lachen müssen. Der Alexander hat wirklich einen Brief von ihr bekommen, einen einzigen, wir haben ihn alle tagelang sekkiert deswegen. Es ist überhaupt der erste Brief gewesen, den er in seinem Leben bekommen hat. Er hat ihr auch Briefe geschrieben, wie viele es gewesen sind, das weiß ich nicht, aber mehr als einer war es sicher.

Ja, sie ist dann wirklich im Juni, einen Tag vor dem Kirchtag, wiedergekommen, aber nicht allein, sondern mit einem Freund. Sie will ihre bestandene Matura mit einer zweisamen Reise in die Berge feiern, hat sie gesagt. Diese blöde Kuh, dass sie sich das getraut hat, mit ihrem Freund aufzutauchen. Man hat dem Alexander angemerkt, dass es ihm gar nicht gut geht.

Am nächsten Tag ist die Wienerin völlig aufgetakelt mit ihrem Freund zum Zeltfest losmarschiert. Zur selben Zeit hat mich mein Verlobter abgeholt. Vor dem Haus sind wir auf sie und ihren Freund gestoßen, und da habe ich halt ein paar Worte mit ihr geredet, mit den Gästen muss man ja immer freundlich sein, auch wenn man sie nicht leiden kann. Und wie wir da so vor dem Haus reden, braust auf einmal ein Porsche daher und hält vor dem Stall an.

Aus dem Porsche ist eine junge, schöne Frau ausgestiegen und ich habe eine Weile gebraucht, bis ich gemerkt hab, dass es die Manu ist. Der Wienerin ist auch der Mund offen gestanden.

Die Manu hat ganz anders als sonst ausgeschaut! Normalerweise läuft sie mit Jeans und einem langen T-Shirt rum oder überhaupt mit ihrem blauen Arbeitsoverall, den sie in der Werkstatt tragen muss. Wir haben nicht gewusst, wie hübsch sie sein kann, aber das haben wir dann gesehen. Auch dem Matthias sind die Augen rausgefallen. Es war, als wäre sie eine andere Person! Zum ersten Mal habe ich gesehen, dass sie lange Beine hat.

Sie hat ein kurzes, enganliegendes schwarzes Kleid getragen, Netzstrumpfhose und sehr hohe Schuhe. Außerdem ist sie geschminkt gewesen, wirklich gut geschminkt, und ihre struppigen, kurzen Haare waren ausgefönt. Wie sie aus dem Auto gestiegen ist mit ihrer Sonnenbrille und auf den Stall zugegangen ist! Wie ein Filmstar. Ich bin mir in meinem Dirndl wie eine Provinzkuh vorgekommen. Sie hat nach dem Alexander gerufen, und er ist sofort aus dem Stall gekommen. Er ist in seinem Stallanzug gewesen und hat gestunken.

Ja, zuerst habe ich nicht gewusst, was das Ganze soll, aber dann habe ich verstanden, dass sie das nur wegen der Wienerin macht, weil sie ihr eins auswischen will und weil sie ihr zeigen will, dass der Alexander kein dummer Bauerntölpel ist, der ihr nachplärrt. Es hat mir gefallen, und es hat zur Manu gepasst, dieses Spiel, sie ist immer eine Verrückte gewesen. Nur das mit dem Porsche habe ich übertrieben gefunden, sie hat ja noch keinen Führerschein gehabt!

Ja, sie geht also auf den Alexander zu, der sie anstarrt, als hätte er nicht alle Tassen im Schrank, und küsst ihn auf den Mund und sagt: Hey, Schatz, beeil dich, zieh dich um! Der Alexander sagt kein Wort und geht ins Haus hinein. Die Wienerin schaut auch drein, als hätte sie nicht alle Tassen im Schrank, und stakst mit ihrem Freund davon.

Ja, die Manu hat sich auf die Hausbank gesetzt, ihren Kopf an die Hausmauer gelehnt und sich gesonnt. Ich habe sie gefragt, wem der Porsche gehört und ob sie verrückt ist. Sie hat gesagt, dass das Auto einem deutschen Urlauber gehört, der in Innsbruck auf der Klinik liegt, weil er beim Wandern von einer Kuh angegriffen worden ist. Schon vor dem Unfall hat er seinen Porsche in der Werkstatt abgegeben, um Ölwechsel und Service machen zu lassen, denn das ist in Österreich billiger als in Deutschland. Und weil er auf der Klinik ist, wird er nicht merken, dass das Auto fehlt, hat sie noch gesagt. Ich habe sie noch vor den Eltern gewarnt und bin mit Matthias gegangen. Ja, er wollte zuerst noch eine Runde mit dem Porsche fahren, ich habe ihn richtig wegziehen müssen.

Eine halbe Stunde später sind die beiden dann im Zelt aufgetaucht. Ja, die Leute haben gegafft, das können Sie mir glauben. Der Alexander hat einen hellen Blazer angehabt, ein schwarzes Hemd und helle Jeans, das muss ihm die Manu organisiert haben. Seine Haare sind zurückgegelt gewesen, nicht straff, so locker. Ja, er hat super ausgesehen. Er spielt also mit, habe ich mir gedacht, und es hat mich gefreut.

Alle haben sie angeglotzt und über sie geredet, ausnahmslos alle, und sie sind überall im Mittelpunkt gestanden. In der Bar sind sie umringt gewesen von den früheren Klassenkollegen, und auf der Tanzbühne haben sie flippig getanzt, na ja, der Alexander eher steif, und dann engumschlungen, und einmal haben sie sich geküsst, das ist eindeutig von der Manu ausgegangen.

Ich habe ab und zu zur Wienerin rübergeschaut und habe gemerkt, dass sie vor Wut kocht, weil sie von niemandem beachtet wird. Ja, sie hat sich kurz zu uns an den Tisch gesetzt und zur Manu gesagt: Ihr gebt ein hübsches Pärchen ab, du und dein Bruder. Gibt wohl nicht so viel Auswahl in eurem Dorf? Und die Manu hat gesagt: Er ist nicht mein Bruder, weißt du noch? Er ist das angenommene Waisenkind und macht die romantische und erdverbundene Arbeit. Und dann hat sie ihr Bierglas – versehentlich natürlich – umgestoßen, und es ist über das Kleid und in den Ausschnitt der Wienerin geronnen. Ringsum haben die Leute gewiehert, und ich bin mir wie in einem schlechten Heimatfilm vorgekommen. Nur die Prügelei hat noch gefehlt. Die Wienerin ist dann mit ihrem Freund abgerauscht.

Die Manu und der Alexander haben weiter gefeiert, fast die ganze Nacht lang. In der Früh ist die Manu so betrunken gewesen, dass der Alexander sie zum Porsche getragen und nach Hause gefahren hat.

Ja, aber am meisten ist in der Nacht der Vater betrunken gewesen. Ich habe gewusst, dass er mit der Bank große Probleme hat. Er ist nur an der Bar gestanden und hat ein Bier nach dem anderen bestellt. Die Mutter ist nur am Anfang dabei gewesen, und sie hat zu mir und dem Vater gesagt: Sie geben doch ein nettes Paar ab, also mich würd's freuen. Der Vater hat nichts gesagt. Einmal ist er zu den beiden auf die Tanzfläche gegangen und hat mit der Manu einen Walzer getanzt, er hat sie ganz schwungvoll herumgedreht. Sie ist immer sein Lieblingskind gewesen, irgendwie ist sie ihm von uns allen am ähnlichsten, wild und voller Ideen und Energie und nicht zu bremsen.

Ja, und wie dann alles rausgekommen ist im Dezember, da habe ich gleich an die Manu denken müssen und daran, wie sie den Alexander geküsst hat, vor allen Leuten.

Therapiegespräch im Februar 1990

Dr. Z. und Alexander Sommer

Den ganzen Tag habe ich gegrübelt, wieso der Angermair sich so komisch verhalten hat, und bin nicht draufgekommen. Erst am Abend beim Melken ist es mir eingefallen.

Ich bin sofort aus dem Stall rüber ins Haus gelaufen, und es hat wie verrückt geschneit, es ist so ein richtiger Schneesturm gewesen. In der Stube habe ich mir die Fotos genau angeschaut, und da habe ich's gesehen. Ich habe den Mantel vom Vater gesehen, den er bei Martinas und Manus Taufe trägt, der ist schwarz gewesen und lang und hat auf den Schulterzierleisten jeweils zwei goldene Knöpfe gehabt, die hat man nur gesehen, wenn man wirklich genau schaut. Den Angermair habe ich verstanden, wieso er wollte, dass ich so schnell wegziehe von daheim, er hat Angst um mich gehabt.

Mir ist so schlecht geworden und schwindlig, ich habe mich hinsetzen müssen, mit dem Foto in der Hand, aber das Foto ist mir runtergefallen, und das Glas ist zerbrochen. Ich habe mich gebückt, und auf einmal habe ich so einen Druck in meiner Brust gespürt, und ich habe losgeheult wie ein kleines Kind, ich habe nicht aufhören können damit. Beim Aufheben habe ich mich geschnitten, und ich bin dagesessen mit dem kaputten Bild in der Hand und habe geplärrt, und das Blut ist mir an den Fingern runtergeronnen.

In dem Moment ist die Mutter mit ein paar Gästen bei der Tür reingekommen, und wie sie mich so sitzen sieht, fängt sie an zu gackern mit ihrer hohen Stimme, die sie immer hat, wenn Gäste dabei sind, und hört nicht mehr auf. Was ich denn da mache, und wieso ich immer so tollpatschig sein muss, und ich müsste ja im Stall sein, und ob sie mir ein Pflaster holen soll, und so weiter, nur damit alle sie für die liebevolle, besorgte Mutter halten. Ich habe das kaputte Bild auf den Tisch geschmissen und bin aus der Stube gelaufen.

Ich habe nicht mehr klar denken können, ich wollte nur zum Vater und ihn zur Rede stellen, ins Gesicht wollte ich ihm schreien, dass er meine Mutter umgebracht hat. Angst habe ich keine gehabt, was hätte er mir schon tun können?

Ich laufe also raus und rüber zum Hotel, mit meinem dreckigen Stallgewand, und vor lauter Schnee und Wind habe ich fast nichts gesehen. Erst kurz vor dem Hotel sehe ich, dass der Vater zwei Reisetaschen in seinen Jeep schmeißt und einsteigt. Ich habe mir die Lunge aus dem Leib geschrien, und ich bin mir sicher gewesen, ich bin mir auch heute noch sicher, dass er mich gesehen hat, ich weiß, dass er mich gesehen hat. Er hat kurz zu mir hergeschaut, wie ich auf ihn zugerannt bin und geschrien habe, und er hat nicht reagiert, er ist einfach eingestiegen und losgefahren. Ich bin dem Auto noch nachgelaufen, und er hat mich sicher im Rückspiegel gesehen, aber er hat nicht angehalten. Irgend so ein Gefühl hat mir gesagt, dass mein Vater ahnt, dass ich die Wahrheit kenne, und dass er deswegen abhauen will. Ja, und später haben wir gewusst, dass er wirklich schon länger seine Flucht geplant hat, aber nicht weil er gefürchtet hat, dass ich die Wahrheit über meine Mutter rausfinde, sondern wegen was ganz anderem. Davon haben wir alle keine Ahnung gehabt.

Ich bin ins Hotel rein und zur Rezeption hin, wo die Anna gestanden ist, mit ihrer hellblauen Uniform und ihrem eingefrorenen freundlichen Gesicht, das sie dort immer hat. Die Gäste in der Hotelhalle haben mich in meinem Stallgewand angeglotzt, als wäre ich ein Außerirdischer. Da fahren sie in ein Dorf, wo es früher überhaupt nur Bauernhöfe gegeben hat, und wundern sich, wenn jemand im Stallgewand rumrennt!

Ja, es ist so ein nobles Hotel, es hat fünf Sterne, ich habe mich dort nie so wohlgefühlt, ich bin auch nicht viel rübergegangen, nur wenn ich was helfen habe müssen. Allein die Hotelhalle ist so riesig wie der ganze Stall, und alles ist voller Plüsch und Samt und Gold und Marmor. Im Untergeschoß gibt's ein Hallenbad und einen Saunabereich und einen Kosmetiksalon und einen Friseur, und die Zimmer sind eigentlich mehr Wohnungen als Zimmer. Einmal hätte ich einen Tisch in einem Zimmer reparieren sollen, aber ich habe das

Zimmer echt nicht gefunden, ich habe mich im Hotel verlaufen.

Der Vater hat den alten Gasthof zwei Jahre lang umgebaut, und vor vier Jahren ist dann die große Eröffnungsfeier gewesen, da ist sogar der Ambros und Opus dagewesen. Er hat »Schifoan« gesungen und die anderen »Live is Life«. Die Manu hat voll mitgetanzt und ein Autogramm wollen. Seit der Vater das Hotel eröffnet hat, ist er nur noch im Anzug rumgerannt, auch daheim. Das ist am Anfang so komisch für uns gewesen, weil wir haben ihn ja im Stallgewand gekannt.

Ich habe die Anna gefragt, wo der Vater hingefahren ist, weil ich dringend mit ihm reden muss. Sie hat gesagt, dass er für ein paar Tage nach Deutschland muss zu einer Hotelmesse und vorher noch der Manu was vorbeibringt. Und wieso ich ihn so dringend brauche und was mir einfällt, mit dem dreckigen Zeug da reinzutrampeln und wieso ich so aufgeregt bin? Ich fetze also aus dem Hotel rüber zum Hof und steige auf den Traktor und fahre los. Auf eine Hotelmesse, habe ich gedacht, und das am 26. Dezember? Ich habe so gehofft, dass ich ihn noch erwische, ich wollte unbedingt, dass die Wahrheit ans Tageslicht kommt und er vor Gericht! So leicht sollte er nicht davonkommen.

Gesehen habe ich fast nichts vor lauter Schnee, die Scheibenwischer sind kaputt gewesen, und gefroren habe ich wie wild.

Später hat mich der Angermair gefragt, wieso ich

nicht einfach gleich zur Polizei in Sölden gegangen bin und Anzeige erstattet habe. Die hätten mich einfach nur ausgelacht! Die haben den Vater gut gekannt und sind mit ihm am Stammtisch gehockt! Wenn dann auf einmal ich daherkomme und behaupte, dass er meine richtige Mutter umgebracht hat, weil ich das geträumt habe, hätten sie das Narrenhaus angerufen.

THERAPIEGESPRÄCH IM FEBRUAR 1990

Dr. B. und Manuela Winter

Der Vater wollte an dem Abend abhauen. Über die Grenze. Er hat das schon länger geplant gehabt. Der Alex ist ihm dazwischengekommen.

Nein, Scheiße, natürlich weiß ich, dass es nicht in Ordnung ist, wenn man sich einfach aus dem Staub macht! Und noch dazu die Familie mit den Schulden sitzenlässt. Ich will ihn nicht – wie? – entschuldigen! Aber er ist kein Mörder, das meine ich! Mein Vater ist kein Mörder! Er hätte dem Alex nie was angetan. Auch die Sache mit seiner Mutter, das hat er im Auto erklärt. Doch, ich habe ihm von Anfang an geglaubt. Ich weiß nicht, was ich sagen soll! Er ist trotzdem mein Vater. Und verdammt noch mal, ich weiß, dass er kein Mörder ist!

Ja, gegen acht am Abend ist er bei mir aufgetaucht. Ich bin gerade vor dem Fernseher gehockt. Habe mir den Film »Top Gun« angesehen. Da hat es unten an der Tür geklingelt. Ich bin runtergesaust und habe die Tür aufgemacht. Es ist der Vater gewesen. Dass er fertig ist, habe ich ihm sofort angesehen. Fertig und traurig hat er ausgeschaut. Er hat mir leidgetan. Von ihm ist immer so eine – eine Kraft ausgegangen. Die Sache mit dem Alex hat ihn also doch fertiggemacht, denke ich mir noch.

Zu mir hat er gesagt, dass er für ein paar Tage nach Deutschland muss. Das ist mir komisch vorgekommen. Der Vater ist oft mal ein paar Tage weggefahren. Nie hat er sich von mir verabschiedet. Oft habe ich es nicht mal mitbekommen, dass er weg gewesen ist.

Wir sind hinter die Werkstatt gegangen. Ich habe ihm meinen Passat gezeigt. Den habe ich mir als Unfallwagen gekauft und selbst repariert. Der Vater hat mit mir nett geratscht. Wie's mir so geht, ob mir die Arbeit gefällt. Ob ich mit meiner Wohnung da neben der Werkstatt zufrieden bin. Dann hat er mir ein Kuvert in die Hand gedrückt. Hat gesagt, dass er mir den Passat zahlen will. Sozusagen als verspätetes Weihnachtsgeschenk. Ich habe ins Kuvert reingeschaut. Da sind zehntausend Schilling drin gewesen. Ich habe es fast nicht glauben können. Wir haben nie so teure Geschenke bekommen. Mir ist das Ganze immer komischer vorgekommen.

Wie der Vater schon einsteigen will, kommt auf einmal der Alex mit dem Traktor daher. Mit dem Traktor! Er springt raus und rennt auf uns zu. Schreit den Vater wie wild an. So wild habe ich den Alex nie erlebt! Ich habe mir schon gedacht: Scheiße, was ist heute eigentlich los? Alle sind heute so komisch!

Der Alex hat geschrien: Du hast meine Mutter umgebracht! Gib's zu, du hast sie umgebracht in der Nacht! Der Vater hat ihn total blöd angeschaut, so mit offenem Mund. Er hat dem Alex auf die Schulter gegriffen und gesagt: Alexander, bitte, beruhige dich endlich! Aber der Alex hat geschrien: Ich will mich nicht beruhigen! Du hast sie umgebracht! Und du fährst mit mir jetzt gleich zur Kripo und stellst dich selber! Da habe ich mich echt nicht länger zurückhalten können. Ich habe den Alex am Arm gepackt. Habe ihn angeschrien: Du hast echt eine kranke Fantasie! Der Vater hat Scheiße gebaut, aber er ist kein Mörder!

Der Vater ist weiß im Gesicht gewesen. Hat den Alex noch mal gebeten, dass er sich beruhigt. Der Alex hat die Beifahrertür aufgerissen und hat gesagt: Los, steig ein! Wir fahren jetzt gleich zur Kripo nach Innsbruck! Der Vater hat zu mir gesagt: Manu, geh rauf in die Wohnung, bitte. Ich werde ihn schon beruhigen und heimbringen.

Der Vater hat den Alex am Arm genommen. Ist mit ihm ein paar Meter weggegangen und hat mit ihm geredet. Ich habe nicht genau verstanden, was er gesagt hat. Habe nur immer wieder die Wörter »beruhigen« und »Wahrheit« gehört. Mir ist plötzlich was eingefallen. Ich habe so getan, als würde ich zur Haustür gehen. Aber wie ich auf der anderen Seite vom Jeep gewesen bin, habe ich mich geduckt und ganz leise die Autotür aufgemacht und bin reingeschlüpft. Von der Rückbank aus bin ich in den Kofferraum geklettert. Die beiden haben mich nicht gesehen. Die haben sich angeschrien. Der Vater hat den Alex geschüttelt. Außerdem hat's fest geschneit. Ich bin neugierig gewesen. Ich wollte unbedingt wissen, was sie während der Fahrt so reden.

Ob was Wahres an dem Gefasel vom Alex dran ist. Im Kofferraum habe ich die zwei großen Reisetaschen gesehen. Ich habe mir noch gedacht: Wieso braucht denn der Vater so viel Zeug bei einer Messe?

Der Alex reißt sich vom Vater los und schreit, dann fahr ich eben allein zur Kripo! Er rennt zur Fahrerseite vom Jeep. Steigt ein. Der Vater rennt ihm nach. Er drängt den Alex rüber und steigt auch ein. Er hat sofort die Innenverriegelung betätigt. Der Alex hat nicht mehr raus können. Ich denk mir noch hinten in meinem Versteck: Scheiße, was wird das jetzt?

Dann sind wir losgefahren. Der Alex auf dem Beifahrersitz und ich hinten im Kofferraum – unter dem ganzen Zeug. Der Alex hat auch gleich losgelegt: Willst du mich jetzt umbringen so wie meine Mutter? Und der Vater hat gesagt: Bitte, Alexander, glaube mir, ich habe deine Mutter nicht umgebracht! Und ich werde dich nicht umbringen!

Er hat auch noch leise gesagt: Es tut mir leid, dass es so weit gekommen ist. Aber ich brauche jetzt einfach keinen Wirbel und schon gar keine Polizei. Ich lasse mir meine Pläne von dir nicht durchkreuzen, und jetzt beruhig dich endlich! So ähnlich jedenfalls.

Der Alex hat sich aber nicht beruhigt. Er hat die ganze Zeit nur geschrien: Was ist mit meiner Mutter passiert in der Nacht? Immer das Gleiche: Was ist mit meiner Mutter passiert in der Nacht? Bis dahin habe ich gar nicht gewusst, dass er auch laut sein kann.

Der Vater hat ihm dann wirklich erzählt von der Nacht im Mai 73. Die Frau hat ihn erpresst. Immer mehr Geld hat sie verlangt, damit sie ihn dem Jugendamt und seiner Familie nicht verrät. Weil seit Kurzem hat sie seinen richtigen Namen gekannt. Sie hat gewusst, dass er eine Familie hat und in Sölden lebt. Lang hat er ihr vorgemacht, dass er ein reicher Deutscher ist. Sie hat eine sehr hohe Summe von ihm gewollt. Damit der Anfang in Kalifornien leichter ist. Ja, da ist er ausgerastet. Sie haben sich gegenseitig angeschrien. Er hat sie geschüttelt. Auch kurz die Hände um ihren Hals gelegt. Sie hat sich freigemacht und wollte zur Tür raus. Dabei ist sie gestürzt. Sie ist mit dem Hinterkopf gegen den elektrischen Heizkörper gedonnert. Und sofort tot gewesen.

Ich habe es nicht glauben können, was ich da gehört habe. Ich habe gedacht: Leck mich, ich bin im falschen Film! Die Frau ist damals wirklich gestorben! Und mein Vater ist dran beteiligt gewesen! Er hat sie zwar nicht umgebracht, aber er ist dabei gewesen! Bitte nicht, habe ich gedacht. Bitte lass es nicht wahr sein. Wenn's nicht wahr ist, höre ich zu rauchen auf. Helfe meiner Mutter mein ganzes Leben lang. Bitte lass es einen Albtraum sein! Lass mich wieder aufwachen, habe ich gebetet. Ich habe meinen Vater vor mir gesehen. Wie ich auf seinen Schultern reiten darf. Wie er den Gast am Kragen packt und ihm sagt, er soll sich heimschleichen. Wie er mit mir Walzer tanzt und mich rumwirbelt.

Der Alex hat geschrien und geweint. Alles gleichzeitig. Das werde ich nie vergessen, sein lautes Weinen. Es hat so verzweifelt geklungen. Der Vater hat gesagt: Ich weiß, ich hätte den Unfall melden sollen, damals, aber – der Alex hat ihn nicht ausreden lassen. Hat ihn angeschrien: Wo hast du sie hingebracht? Wo liegt ihre Leiche? Bei der Werkstatt?

Der Vater hat nein gesagt. Ich habe die Leiche in einen Teppich eingewickelt, ins Auto getragen und habe sie mit auf den Hof genommen. So hat er gesagt. Der Alex hat geschrien: Wo? Wo liegt sie? Wo? Sein Wo? hallt mir heute noch in den Ohren. Und dann ist es passiert. Er hat rüber zum Lenkrad gegriffen. Sie haben gerangelt. Der Jeep ist von der Straße abgekommen. Und den Hang runtergerutscht.

Der Jeep hat sich ein paar Mal überschlagen. Ich habe geglaubt, wir sterben jetzt alle drei. Ich habe eine Scheißangst gehabt! Ich kann das gar nicht – beschreiben, wie ich mich gefürchtet habe. Ich habe hochgegriffen. Mich ganz fest an der Kopfstütze von der Rückbank gehalten. Ich habe geschrien wie verrückt. Dann bin ich mit dem Kopf gegen die Seitenwand geknallt.

Wie ich aufgewacht bin, habe ich gesehen, dass der Jeep auf der Beifahrerseite liegt. Der Vater ist weg gewesen. Der Alex ist bewusstlos dagelegen. Seine Stirn hat geblutet. Aus der Motorhaube sind schon Flammen gekommen. Ich habe gewusst, dass ich mich beeilen muss.

Tiroler Tageszeitung am 27. Dezember 1989

Tragischer Autounfall auf der B 186

Sölden. In der Nacht von 26. auf den 27. Dezember ereignete sich ein tragischer Unfall auf der B 186 von Sölden Richtung Längenfeld. Aus bisher unbekannter Ursache raste ein Pkw mit überhöhter Geschwindigkeit mehrere Hundert Meter eine Böschung hinunter. Das Fahrzeug überschlug sich mehrmals, bevor es seitlich liegen blieb und schließlich Feuer fing.

Der neunzehnjährige Beifahrer konnte in letzter Minute von der nur leicht verletzten gleichaltrigen Mitfahrerin aus dem brennenden Fahrzeug gerettet werden. Sie zog den Schwerverletzten an die hundert Meter weit, bevor sie zur Bundesstraße hochlief, um ein Auto anzuhalten. Die beiden wurden mit der Rettung in die Klinik Innsbruck gebracht. Vom 50-jährigen Fahrer, von dem die Polizei annimmt, dass er angetrunken war, fehlt jede Spur. Es wird nach ihm gefahndet.

Tiroler Tageszeitung am 4. Jänner 1990

Söldner Hotelbesitzer mit zehn Millionen verschwunden

Sölden. In der Nacht von 26. auf 27. Dezember ereignete sich ein schwerer Autounfall kurz vor Längenfeld, wobei ein Neunzehnjähriger lebensgefährlich verletzt wurde und der Fahrer anschließend mit einem anderen Fahrzeug Fahrerflucht beging. Die TT berichtete darüber.

Jetzt werden immer mehr Details über diesen Unfall bekannt. Nach Aussagen der Mitfahrerin Manuela W. und des Beifahrers Alexander S., die derzeit beide noch in der Klinik Innsbruck liegen, gestand der Fahrer Anton W. (50) während der Fahrt dem Beifahrer ein Verbrechen, welches er angeblich vor beinahe sechzehn Jahren begangen haben soll. Damals soll Paulina S., die leibliche Mutter von Alexander S., bei einem heftigen Streit mit Anton W. verstorben sein, woraufhin dieser den Unfall nicht meldete. Die Leiche habe er anschließend im Kofferraum seines Autos bis zu seinem Bauernhof in Sölden gebracht, wo er sie vergrub. Von der Frau wurde bisher angenommen, dass sie ausgewandert sei. Die Angaben von Manuela W. und Alexander S. werden von der Kriminalpolizei überprüft. Auf dem Besitz der Familie W. in Sölden wird nun nach der Leiche der Frau gesucht, bisher ohne Ergebnisse.

Außerdem kündigt sich mit dem Hotel Winterhof eine der spektakulärsten Hotelpleiten der letzten Jahre in Tirol an, es ist mit 155 Millionen Schilling die größte Insolvenz eines Hotels seit drei Jahren. Der Alleinbesitzer des Hotels ist der abgängige Anton W. Er hat im letzten halben Jahr an die zehn Millionen Schilling von den Geschäftskonten abgezweigt und das Insolvenzverfahren hinausgezögert. Spätestens im April wird es zu einer Anklage des Verantwortlichen kommen.

Die Familie des Flüchtigen wird von einem Psychologenteam betreut.

Therapiegespräch im Februar 1990

Dr. Z. und Alexander Sommer

Wieso ich nicht sofort vom Krankenhaus aus nach Innsbruck gezogen bin?

Weil ich dabei sein wollte, wenn sie meine Mutter finden, deswegen!

Die Polizei hat dann in der ersten Jännerwoche angefangen auf dem Hof zu suchen, jeden Millimeter haben sie abgesucht, aber sie haben nichts gefunden. Nichts. Ich habe auch selber immer wieder gesucht. Aber man kann ja nicht jeden Quadratmeter auf jeder Wiese und im Wald aufgraben.

Die Mutter hat uns so angefeindet, besonders die Manu, weil sie im Krankenhaus der Polizei alles gesagt hat, was der Vater im Auto erzählt hat. Ich bin ja auf der Intensivstation gelegen und habe mich an nichts erinnert.

Die Manu und ich sind immer wieder von verschiedenen Kripobeamten befragt worden, sie haben wissen wollen, ob wir uns in Widersprüche verstricken. In Widersprüche verstricken, ja, so haben sie das genannt. Je mehr Tage vergangen sind, umso weniger haben sie geglaubt, was wir ihnen erzählt haben. Auch die Mutter ist befragt worden, ob sie noch eine Baustelle weiß, die es am Hof im Mai 73 gegeben hat, oder ob sie sich an eine frisch aufgegrabene Stelle erinnert. Sie hat sich natürlich an nichts erinnert.

Sie haben die Suche eingestellt.

Und dann eines Nachts ist die Manu zu mir ins Zimmer gekommen und hat sich auf mein Bett gesetzt. Das ist vor zwei Wochen gewesen. Sie hat gesagt: Alexander, ich glaube, ich weiß, wo die Leiche deiner Mutter ist! Was?, habe ich gesagt. Ich bin ganz verschlafen gewesen.

Sie hat gesagt: Weißt du noch, wie wir damals auf der Alm da im Wald gegraben haben, da, wo der Vater immer die toten Kühe vergraben hat? Weißt du noch, wie er so total wild deswegen gewesen ist? Das ist das perfekte Versteck, da hat er sie begraben in der Nacht, ich bin mir sicher!

Am nächsten Tag beim Frühstück hat sie die Anna gefragt, ob sie noch weiß, wann ihre Lieblingskuh Ludmilla gestorben ist. Die hat eine Weile rumüberlegt und dann gesagt: Ich bin acht gewesen, und es ist Frühling gewesen. Sie hat in ihrem Tagebuch nachgeschaut und hat dann zu uns gesagt: Das ist am 21. Mai 73 gewesen. Bingo, hat die Manu gesagt.

Therapiegespräch im Februar 1990

Dr. Z. und Alexander Sommer

Ja, gestern ist die Erde genug aufgetaut gewesen. Es ist endlich vorbei.

Mich und die Manu hat der Angermair weggeführt, er hat gesagt, dass es kein schöner Anblick ist. Ich wollte sie unbedingt sehen, aber er hat gesagt, ich soll sie so in Erinnerung behalten, wie sie auf dem Foto von der Frau Kofler aussieht.

Aber ganz vorbei ist es noch nicht. Sie haben sie nach Innsbruck gebracht, und dort wird in der Gerichtsmedizin eine Obduktion gemacht. Dann werde ich wissen, ob der Vater im Auto die Wahrheit gesagt hat.

Doch, das ist wichtig für mich.

Therapiegespräch im April 1990

Dr. B. und Manuela Winter

Sie haben Schweigepflicht, oder? Ich will wissen, ob Sie Schweigepflicht haben, verdammt noch mal! Sie dürfen nichts der Polizei sagen von dem, was ich Ihnen da sage!

Nein, mir geht's überhaupt nicht gut! Scheiße, ich muss es wem erzählen, sonst halte ich es nicht mehr aus! Ich renne nur noch mit Magenweh rum. Ich kann nicht mehr schlafen.

Ich habe der Polizei nicht ganz die Wahrheit gesagt. Ich bin kurz bewusstlos gewesen. Wie ich aufgewacht bin, ist der Vater schon weg gewesen. So habe ich das gesagt. Aber es hat nicht gestimmt! Der Vater ist nicht weg gewesen! Er hat mich aus dem Auto getragen. Er hat mich auf eine Decke in den Schnee gelegt. Da bin ich dann aufgewacht. Ich habe gesehen, dass er gerade den Alex aus dem Auto ziehen wollte. Dass er's nicht geschafft hat. Das Auto ist auf der Beifahrerseite gelegen. Es hat schon gebrannt, vorne, aus der Motorhaube. Die Fahrertür hat geklemmt. Sie ist nicht aufgegangen. Der Vater ist durch den offenen Kofferraumdeckel reingeklettert. Hat aber den Alex nicht durch die zwei Sitze nach hinten rausbekommen.

Zu zweit haben wir es geschafft. Wir haben den Alex

durch den Kofferraum rausgezogen. Dafür haben wir zuerst die Rückbank und dann noch den Beifahrersitz umlegen müssen. Der Vater hat den Alex weit genug vom Auto weggetragen. Er hat ihn auf die Decke gelegt. Dann hat sich der Vater in den Schnee gesetzt. Es sind ihm Tränen runtergelaufen. Ich habe ihn nie, nie vorher weinen sehen.

Ich habe gesagt: Vater, komm, wir müssen schnell die Rettung holen! Der Alex braucht Hilfe! Ich habe selber fast keine Luft bekommen. Später hat sich rausgestellt, dass zwei Rippen gebrochen sind. Er hat mich angeschaut und gesagt: Manu, bitte, gib mir den Schlüssel von deinem Passat. Ich habe gedacht, ich hör nicht richtig! Aber er hat wieder gesagt: Bitte gib mir sofort den Autoschlüssel. Er hat gesehen, dass ich ihn vorher in meine Hosentasche gesteckt habe. Ich muss verschwinden, noch heute Nacht. So hat er gesagt. Oder ich geh für viele Jahre ins Gefängnis. Ich habe gesagt: Es ist ja ein Unfall gewesen! Er hat mich eine Weile angeschaut. Hat gesagt: Aber ich habe ihn nicht gemeldet und die Leiche versteckt. Und es ist nicht nur deswegen, sondern wegen dem Hotel. Ich werde bald wegen gefährlicher – nein, fahrlässiger Insolvenzverschleppung angeklagt.

Ich habe nichts mehr verstanden. Ich habe auch nichts mehr verstehen wollen. Ich bin total fertig gewesen. Ich habe zum brennenden Auto runtergeschaut. Da habe ich die zwei Reisetaschen gesehen. Die sind im Schnee gestanden. Gib mir deinen Autoschlüssel, ich muss von hier weg, hat er gebettelt. Ich gehe sicher nicht ins Gefängnis. Vorher bringe ich mich um. Da habe ich die Autoschlüssel rausgeholt. Habe sie aber noch festgehalten.

Sag mir, wo ihre Leiche ist, habe ich zum Vater gesagt. Dann kriegst du den Schlüssel. Er hat mich angeschaut, so als wäre ich krank. Ich habe es noch mal gesagt, lauter. Und noch ein drittes Mal. Da hat er es mir gesagt. Dass er sie dort vergraben hat im Wald, unterhalb der Almhütte. Da, wo früher immer die toten Kühe vergraben worden sind. Am Tag vorher ist eine Kuh gestorben. Die Lieblingskuh von der Anna. Er ist dann noch in der Nacht mit dem Traktor raufgefahren. Hat beide begraben. Zuerst die Frau mit ihrem Koffer und darüber die Kuh.

Ich habe ihm dann wirklich den Autoschlüssel gegeben. Er hat seine zwei Reisetaschen geschnappt und ist weggelaufen. Der Polizei habe ich am nächsten Tag im Krankenhaus gesagt, dass der Autoschlüssel im Passat gesteckt ist. Dass er das Auto gestohlen hat. Zuerst habe ich's nicht bereut, dass ich ihm geholfen hab. Überhaupt nicht! Aber jetzt – Scheiße, den Vater hätte ich mir nie im Gefängnis vorstellen können! Ich bin mir sicher, dass er sich wirklich umgebracht hätte! Er ist doch mein Vater! Was hätte ich tun sollen?

Dann hat die Polizei gesucht und gesucht. Sie haben die Leiche nicht gefunden. Der Alex ist auch nicht auf die Idee gekommen, wo seine Mutter sein könnte. Ich habe gedacht, er kommt sicher selbst drauf! Ich habe es ihm dann nach ein paar Wochen gesagt. Ich habe so getan, wie wenn es eine Ahnung von mir wäre. Gott sei Dank hat mir der Angermair das abgenommen. Nur wegen ihm haben sie die Suche wieder angefangen. Ohne den hätten sie das nie gemacht. Der Angermair hat uns überhaupt viel geholfen bei der ganzen Sache.

Nach einer Woche ist der – der Befund, ja genau, der Obduktionsbefund gekommen. Sie ist erwürgt worden! Sie ist wirklich erwürgt worden! Sie ist nicht gestürzt! Sie hat sich nicht das Genick gebrochen! Der Angermair hat es uns gesagt. Er hat gesagt: Ich muss euch allen etwas schonend beibringen. Als könnte man so was schonend sagen! Mein Vater hat sie erwürgt. Er ist ein Mörder. Und ich habe ihm geholfen, dass er verschwinden kann. Der Alex darf das nie erfahren! Nie! Er würde mich hassen! Das würde ich nicht aushalten!

Sie können sich nicht vorstellen, was dann daheim los gewesen ist. Es ist die Scheißhölle gewesen. Obwohl es total still gewesen ist. Keiner hat gewusst, was man da reden soll. Was sagt man da? Wenn's auf einmal heißt: Euer Vater ist ein Mörder! Ja, und der Alex ist komplett zusammengebrochen. Sie wissen das ja noch. Hat nichts mehr geredet, nichts mehr gegessen. Ist nur auf seinem Bett gelegen. Tagelang. Wir haben alle nicht gewusst, was wir zu ihm sagen sollen. Oder wie wir ihn trösten können. Auch die Mutter ist komplett durchgedreht.

Sie hat einen Nervenzusammenbruch gehabt. Hat in die Klinik müssen für ein paar Tage.

Am 22. März ist das Begräbnis gewesen. Es ist kein normales Begräbnis gewesen. Der Alex wollte, dass sie verbrannt wird. Der Angermair hat das organisiert, in so einem Krematorium in Innsbruck. Wie wir drei da so beim Pfarrer stehen neben dem Sarg, in dem Raum, kommen alle auf einmal herein. Die Mutter, die Anna, die Martina, der Andreas. Sie haben alle den Alex umarmt. Ich habe gesehen, dass es ihn freut, weil sie kommen. Er hat nasse Augen gehabt. Ich habe es auch gut gefunden, dass sie gekommen sind. Wir gehören doch zusammen, wir sechs! Ein bisschen später sind noch ein paar Leute gekommen. Die Frau vom Angermair, der alte Vermieter von Alex' Mutter, ich glaube, er hat Berger geheißen, und sein Neffe und eine Frau Kofler. Es ist eine schöne Feier gewesen. Und die Urne hat der Alex dann mit heim genommen. Das wollte er so.

Der Alex ist vor drei Wochen ausgezogen von daheim. Er ist nicht nach Innsbruck gegangen. Ich muss weiter weg. So hat er gesagt. Der Angermair hat ihm geholfen, dass er in Linz eine kleine Wohnung findet. Die gehört Verwandten von ihm. Dort wohnt er jetzt. Er besucht die Abendschule. Er hat mich erst einmal angerufen. Ich vermisse ihn wahnsinnig! Das hätte ich mir nie gedacht, dass ich ihn so vermissen werde! Ich mag ihn wirklich gern. Ich weiß nicht, ich spüre irgendwie – ich mag ihn viel zu gern.

Ich muss immer dran denken, wie er am Bahnsteig steht. In der linken Hand hat er die Reisetasche. Mit der rechten Hand drückt er die Urne an sich. Er hat mich umarmt. Dann hat er was gesagt und gelacht.

Das hat so geklungen, als möchte er sich selber Mut zureden und mir auch. Weil er gesehen hat, dass ich am liebsten weinen würde. Er hat gesagt: Jetzt gehe ich in die Welt hinaus und fange mein Leben an!